さよならの空は
あの青い花の輝きと
よく似ていた

みあ

幻冬舎

「さよならの空は
あの青い花の輝きと
よく似ていた」

装丁　bookwall
イラスト　ダイスケリチャード

＊　＊　＊

潮野《しおの》の海はいつだって、絞りたての空をそのまま溶かし込んだような色をしている。

そのまっすぐな青さは時にまぶしく、時に怠惰で、時に、ほんの少し胸を軋《きし》ませる。

卒業式を終えると、私は自然とこの海辺に足を運んでいた。私たちはいつも砂浜に腰を下ろし、夜な夜なふたりだけのおしゃべりを交わした。

波打ち際より少し手前のあたりで立ち止まる。水平線のほうに目をやると、春の白い光が額にとっぷりと注がれた。制服の内側で、青い飾りのついたペンダントが日差しに反射してきらりと光る。

その輝きを胸に感じながら、私はスクールバッグも卒業証書も放り投げ、そっと座り込んだ。そしてもう一度空を仰ぐ。三月の空は高く、鮮やかな群青が広がっている。

彩度の高い青の中、まるでソーダの炭酸みたいに、様々な景色がつぎつぎ浮かび上がっては光って弾《はじ》け、空の彼方に消えていく。

高校三年生のあの日、君と出会った。

それから彼らと共に過ごした毎日は、この先の未来、私の中で永遠の色彩で輝き続けるのだろう。

初めて君の肌の匂いに触れた、あの夏。

思い出される記憶のすべてが甘く懐かしく香り立ち、鼓動は静かに脈打ちはじめる。

その、寂しさにも似た想いに包まれながら、私はすうっと息を吸い、潮風に歌を灯《とも》した。

1

五月。背負ったギターケースの重みが、背筋をじっとりと汗ばませていた。夜風がねっとりと髪を撫でる。私は、まだ慣れない海沿いの道をひとり歩き、浜へと向かっていた。

「転勤の話があるとけどな。隣県に異動で、もし決定になれば引っ越しも視野に入れとるんやけど、心音《ここね》はどう思う？　学校の都合もあるやろ」

そう父に問われ、「いいよ」と私は軽い調子で返した。もとの学校を離れることに、私はなんの未練も思い入れもなかった。

初夏の蒸れた潮風の匂いを感じながら、私は考えていた。

学校で、まるで空気の中に透けていくみたいに、自分の存在をかき消すようになったのは、いつからだっただろう。

幼い頃から、人の顔色をよく読もうとする子供だった。この人は今どう思っているのだろう、これを言ったらどう思われるだろう、の繰り返し。なぜそうした性格が形成されていったのか、と幼少期の記憶を手繰《たぐ》り寄せていくと、それは、もしかすると私が生まれた直後の出来事に起因しているのかもしれない。

私は、生まれてからすぐに母を亡くしている。病気や事故でなく、お産における出血多量が原因だったらしい。それからは、ずっと父とふたりで暮らしてきた。母がいない、ということは幼い私を心細くさせることもあった。けれど母のことで寂しいと泣いたり、わがままを言って周囲の人に手を焼かせるようなことは決してしなかった。いや、しないように決めていた。母のぶんの愛情をも補うように、私を守り育ててくれていた父に困った顔などさせたくなかったから。

私が小学校低学年くらいまでは、遠方からよく祖父母が世話をしに来てくれていた。新幹線で片道3時間の距離を行き来してくれていた祖父母。そんな優しいおじいちゃんとおばあちゃんに会えることを素直に嬉しく思う反面、幼稚園児ながら、「わざわざ遠くから申し訳ないな」という気持ちも、心の裏側にじんわり滲《にじ》んでいたことをよく覚えている。

祖父母に対し、基本的には無邪気な気持ちで遊んでもらいながらも、例えば用意してくれるおやつのルーティーンに苦手な最中が入っていてもにこにこしながら頬張り、夕方のアニメを観たくても、祖父母が食い入るように見つめ熱心に語りかけてくる大相撲のテレビ中継を、あくびを噛み殺しながら眺め、父の帰りを待った。

思い返すと、子供らしい可愛げというものに欠けたやつだったなと少し苦い気持ちにもなる。けれどあの頃の私はこわいくらい、〝人にどう思われているか〟を気にしていた。ちょっとしたおねだりをしてみることすら勇気が必要だった。周りの親切な大人に助けられて暮らしている自覚があったぶん、そのような人たちに、〝面倒な子〟と思われるのがこわかった。そういったラベルが貼られた途端、ひとりぼっちになる気がして、こわかった。

そんな内省的な面が強かったため、こと友達づくりには困難を極めた。

誰かに心を開くということは、自分の心を見せるということ。ほんとうの気持ちを伝えること。それが、うまくできなかった。「これを言ったらどう受け取られるか」「誤解なく正しく伝えなきゃいけない」そんなことばかり考えていたからだろう。

「あ、えっと、ううん……」

言葉を返そうとするたびに、私はいつも全身に緊張を走らせた。ぎゅっと縮こまった心臓は、口からこぼす言葉をひどくつっかえさせた。だから余計何も言えなくなった。そして私はたいてい否定も肯定もなく、ただ曖昧に頷《うなず》くことしかできなくなっていった。

言葉の詰まりが顕著に目立ちはじめたのは、小学校に上がったあたりだったように思う。新しく出会う人が増え、頑張って関わろうとするほど言葉が喉でつかえ、怪訝《けげん》な顔をされた。そして伝えたい思いは喉より上へあがっていかなくなった。相手の眉間のしわが深くなるのを目の当たりにするたびにこわくなった。幻滅されたくないのに、嫌われたくないのに、そう考えれば考えるほど心臓は嫌な音を立てはじめ、呼吸は浅くなった。私がまともに話せるのは、父だけだった。

頑張ろうとするから、こわいのだ。

ある時、ふとそんな風に思った。その瞬間、胸の隅にぶら下がっていた重苦しいものが、ふわりと宙に浮き上がり、ぱーんと弾けた気がした。

それ以来、友達づくりに関しては早々に撤退するようになった。うまく人付き合いをしようとするから心がぐうっと痛くなり、言葉もつっかえてしまう。くぐもった声では言いたいこともうまく伝えられない。

だったら、ただひとりでいるほうがいい。

人とのコミュニケーションを避けるのは何かを怠けることではない。これは自分の秩序を守るための正しいライフハックだ。そうすれば解釈のすれ違いも起こらないし、気持ちだってすり減らない。

海に沿うように等間隔に植えられている木々を辿りながら、そんなことをぼうっと思い返す。気づけば住宅地を抜け、海辺のそばまで歩いていた。防波堤の階段を下り、白い砂浜にスニーカーで着地する。ちょうど肩のあたりで切り揃えられた髪が、びゅうっと風にさらわれる。浜には今日も私以外誰もいない。

〝ひとり〟を極めたからといって、とくにいじめを受けるなどということもなく、私はただの大人しい生徒として透けるように存在していた。

ここ潮野町に引っ越して来て、新しい高校に編入してから一ヶ月ほどが経つ。私の存在感は引き続き透明なままだった。けれどそれが自分にとって当然だったため、私はどこか安息するような思いでひとりの時間に埋もれていった。

〝孤立〟を憂鬱に感じなかったのは、家族の存在が大きかったのだと思う。ふたりきりで暮らしてきた父との信頼関係は何よりも深かった。炊事・掃除をはじめとする家のことはずっとふたりで協力しあい、また映画好きである父の部屋には大量のＤＶＤが並んでいて、「今日はなん観るか？」と語りかける父と一緒に、棚からあふれている映画を吟味する時間がたまらなく愛おしかった。父は決して私を〝孤独〟にはさせなかった。

それに私には、母が残してくれた音楽があった。

砂浜に腰を下ろし、ケースからアコースティックギターを取り出す。母がこの世界に残していったもののひとつであるこのギターは、物心ついたころから私が受け継ぐようになった。

波がぎりぎり届かない場所にあぐらをかき、ギターを抱えこむ。スニーカーの先っぽで、色とりどりの小さな貝殻たちが波に打たれ、しゃらしゃらと揺れている。

すうっと夜の空気を吸い込む。潮の匂いに鼻腔をくすぐられながら、私はそっと弦をつま弾き、海に向かって歌を紡いだ。

『やさしさに包まれたなら』。母が好きだった曲。私もずっと大好きな曲。

歌は不思議だ。まるで私のために書かれたんじゃないかと思いたくなるほどに、歌は時折、その時自分が欲しい言葉をぴったりくれたりする。そんな音楽に何度も励まされながら、音楽とともに育ってきた。

私は聴くことと同じくらい、歌うこともまた大好きだった。歌詞は、自分自身のうまく言葉にできない想いを代弁してくれる。それを自分の声を伴い体の外に放つことで、心の泉に沈むしかなかったどうしようもない感情を、歌がすくいあげてくれる気がした。歌っている時は、決して言葉はつっかえない。

それに、母が愛していた曲を自分が歌うことは、向こう側にいる母のことを想うことでもあった。

私は母のことを何も知らない。知らないぶん、この世界に残る母の面影に触れるたびに切なくなったりとか、そういった類《たぐい》の寂しさを感じることはなかった。けれど、母がいないことによるぽっかりとした物悲しさはもちろんあって、そういう時、彼女がどんな人物であったのだろうと想いを馳せることで、心に滲むひえびえしたものを拭《ぬぐ》ってきたように思う。そんな私に、父はよく母のことを語り聞かせてくれた。

大学生時代のふたりが写った写真からはじまるフォトアルバムや、私がお腹の中にいた頃に母がつけていた日記、私に聴かせてくれていたCDなど、父は母の想いが宿るものをすべて私に共有してくれた。

母のお気に入りだったという音楽は、幼い頃から何度も聴いてきた。ユーミンやブルーハーツ、洋楽だとザ・ローリング・ストーンズやボブ・ディランなど、ポップス、フォーク、ロックまで様々だ。私がお腹の中にいた時も母はよく自分の好きな音楽を流し、口ずさんでいたという。

胎児の頃のぬくもりや、懐かしさを思い出す、とかそんな感性はまったく持ち合わせていないけど、そういった音楽は、私の心をたちまち魅了した。最初こそ何気なく口ずさんでいたものの、だんだん、母が愛した曲を歌うことで、母が遠い空の向こうからいつだって私を見つけてくれるような気がしてくるのだった。そんな気持ちを発見してからは、歌っていると稀に、まぶたから勝手に水があふれてくることがあった。寂しいとも嬉しいとも悲しいとも楽しいとも違う、ひとつの言葉じゃ表現しきれない静かな涙。

そんなことに想いを巡らせながら歌っていた『やさしさに包まれたなら』が、最後のフレーズに差しかかろうとしていた時だった。

じゃり、と砂を蹴る音がした。

「は、めちゃくちゃいいやん」

背後から声がして、私はきゅうりを見つけた猫のように驚き、反射的に振り返った。暗がりの海辺は、私を見下ろす男の人の顔を翳《かげ》らせていて、ぱっと見ただけではどんな表情をしているのか判別できなかった。

けれど、彼の純度の高い黒い瞳と、かちりと目が合ったことは、はっきりと分かった。

途端、体じゅうの熱がすべて顔に駆け上り、一気に顔面が火照《ほて》った。うそ、いつから聴かれていたんだろう……。

「あのさ」

「……へぇっ」

「俺と、歌ってくれんか！」

彼が勢いよく腰を落とし、私たちの目線の高さが等しくなった。彼の顔がちょうど月明かりに照らされた。にぃっという音まで聞こえてきそうな笑い顔が、暗闇の中にぺかりと浮かび上がっていた。

「……ひ、いや……」

私は何が起こっているのか理解できないまま、じりじりと後ずさりをした。皮膚が緊張していてうまく体を動かせない。「さっきの歌さ」などと言い、彼が砂にめり込む私の手首をぐっと摑む。

「え、あ、……はっ」

私は調理中の油がはねた時みたいに、彼の手を勢いよく払った。

「ちょっと、あの、はい」

私は必死に口を動かし何かしらの言葉を絞り出すと、ばっとギターを摑み猛ダッシュでその場から逃げ出していた。

これが、君との出会いのはじまり。


翌日。おそるおそる教室に入り、そそくさと自分の席についた。

あたりを見回す。

いない。

私は張り詰めていた緊張をほどき、ふぅと深めの息を吐いた。スクールバッグから教科書を取りながら、同時に昨晩の珍事を記憶から取り出す。一応クラスメイトの顔ぶれは把握しているつもりだけど、昨夜の私はかなりテンパっていたので、実は彼がクラスメイトだったのではないかという可能性も危惧していた。

けれど、どうもそうではない様子。昨晩の、白いTシャツにジーンズをまとった彼の姿が目の裏に浮かぶ。そもそも、彼が同じ高校の生徒なのかも分からない。ともすると高校生でもないのかもしれない。とにかく、正体不明な人だったことだけはたしかだ。まぁ正体を知るより先に、まるでドッペルゲンガーに出会ったかの如く、必死に逃げ去ったのだけど……。


しかしその放課後、私はふたたび彼と遭遇することになる。

「お、見つけた！　昨日は急にごめんなぁ。見かけたことある顔や思っとったけど、ここのクラスやったか」

帰りのホームルームを終え、廊下に出た瞬間ふってきた彼の声。その朗らかな声色とは裏腹、私はまた背筋に冷たい焦りを走らせた。

「な、頼みのあるとけど」

つけつけとした調子で語りかけてくる彼と目を合わせる前に、私は彼の横を足早にすり抜けた。この人、こわい……。鼓膜に転がり込もうとする彼の言葉を払い除け、ためらうことなくめちゃくちゃに足を動かしその場を去った。


この人、こわい……。といよいよ振り向かざるを得なくなったのは、校門を出て、10分ほど歩いた頃だった。彼は、先ほどのように唐突に話しかけてくるでもなく、私のおよそ一メートルほど後ろを、ただただ黙ってついてくるのだった。彼の姿が視界の隅に映るたび、心臓は凍えた手のひらみたいにぎゅっと縮こまる。こわい、さっきよりも、こっちのほうがこわい……。

目の前の横断歩道の信号が赤に変わった時、私はぐぐぐとこぶしに力を集めた。そして勇気をかき集めた体をくるりとぎこちなく翻し、ゆっくり口を開く。

「……あ、あの、」

「え！　受けてくれる気になったか?!　やー、ボーカルが抜けたばっかでなあ。やけん、昨日は感動したわ」

「いや、ち、ちがうよ」

こわい。彼は、本当に何を言っているのか。

「あの、ず、ずっとついてこられるのは、その、こわい、です……」

「ついてくるって言うたって、俺もこっちに用あるし」

「……あっ、へぇ」

ボッと顔が発火した。なるほど、つけられているなどとは自意識過剰もいいところだ。羞恥心が喉を刺し、「そう」という無愛想な言葉がぽつりと足元にこぼれ落ちる。

「なあ、向かいにコンビニあるやん」

彼は私の気まずさなどどこ吹く風といった様子で、俯《うつむ》いたままの私にそう言った。ここの赤信号は、困ったことに永遠のように待ち時間が長い。

「次出てくるお客さん、女の人と男の人、どっちやと思う？」

「……へ？」

「んー、じゃあ早いもんがちな。俺は男の人やと思う。もし当たったら」

「ちょ、ちょっと、何のはな、し……」

「一緒に走って」

は、と顔を上げた時、ちょうど信号の色が鮮やかなブルーに変わった。

「おー、ラッキー」

コンビニの自動ドアが開き、缶ビールを手にしたおじさんが出てくる。途端、彼の火照った手のひらが、昨晩と同じように私の手首を奪った。そのまま彼のスピードに引っ張られ、私たちは勢いのまま歩道を駆け出した。

「うわぁっ」

あまりの速さにつんのめりそうになる私を、彼がぐっと引き上げて振り返る。

「今日、みんなで集まるけん！」

がはは、とやんちゃな顔で笑う彼に手首を掴まれたまま、気づけば、私は家とは逆の方角を走っていた。


彼がやっと立ち止まったのは、看板も軒先の装飾も取り払われた、空き店舗らしき建物の前に着いた時だった。彼に掴まれた手首が、熱い。

「いつもここで練習しよるんよ」

はあ、はあ、と肩を上下させ酸素を欲する私に、彼が軽い口ぶりで言った。彼が嬉々として話を進めていく一方で、私は口の中で言葉を練り固めていた。もちろん、断るための言葉だ。

『俺と、歌ってくれんか！』

昨日、彼は丸い瞳をビー玉みたいにきらめかせ、そう言い放った。

その答えを返すならば、迷わず「ノー」だ。

「あらあ、今日も練習ね？」

シャッターの下りた建物を見るともなく見ていると、目尻にきゅっとしわを寄せて微笑むおばあちゃんが語りかけてきた。

「おー、ばあちゃん。今日はミーティングだけの予定やったけど、ちょっと音出すかも」

「はあい、よかよ。頑張り」

いらっしゃい、とおばあちゃんに優しく肩を叩かれる。その小さな手を払うことなどできず、私は笹舟が流されていくように、案内されるままふたりの後に続いていた。

建物の裏へ回ると、一軒家の玄関へと辿り着いた。

「おじゃましますー。おっ、玄弥《げんや》と村瀬《むらせ》の靴あるな」

「あ、あの……っ」

さっさとスニーカーを脱ぎ家に上がろうとする彼に、私はようやく声を上げた。

「歌うって……、わ、私には」

「まあまあまあ。ここまで来たんやからさ、話だけでも聞いてほしい。俺、昨日の歌聴いて腰抜かしそうになったんよ。ほんとに良くて」

彼の透明な瞳は、夕暮れ前の気だるい光を溶かし込み、私をまっすぐ見つめる。

歌を褒めてもらえることは、ほんとうは、心が大きく膨れ上がりそのまま弾けてしまうほど、嬉しいことだった。

でも、私には無理なのだ。

それにはちゃんとした理由だってある。

ひとりでは自由に歌える。けれど、誰かの視線に晒された時、つまり人前で歌おうとすると、私は笑えるくらいてんで声が出なくなるのだ。視線が細く鋭い針となって私の喉を刺し、全身を刺し、脳天までも刺してくる。目の前が真っ白になり、まったく身動きが取れなくなる。自分では声を発しているつもりでも、声にならない声が荒い呼吸と共に吐き出されるだけで、歌にならない。

それをはっきりと自覚したのは、中学生の頃、音楽の授業でのこと。音楽科目は筆記テストに加え、歌のテストがあった。課題曲を提示され、先生が弾くピアノに合わせて出席番号順で自動的に組まれたペアの子と歌唱する。

一ヶ月ほど前に課題曲は発表された。緊張しがちな性質は自覚していたし、歌は繊細だから、ひとりがミスをすればペアの子も巻き込んでしまうかもしれない。私は何度も何度も繰り返し練習し、万全の準備のもと本番に挑んだ。

テスト当日。自分の番がくると音楽室から別室に移動し、先生と生徒三人だけの空間でテストは行われた。衣擦《きぬず》れの音がよく響くしんとした空気が、緊張感をいっそう際立たせていた。

クールな女性の先生だった。「ではじめます」という無機質な声を合図に、先生が鍵盤に指を下ろし前奏を弾きはじめた。視線はしっかり私たち生徒に向けられていた。きゅっと喉の奥が狭くなるのを感じながらも、私は思い切りブレスをした。

唇からこぼれたのは、声の裏返った、震えた羊のような歌だった。

隣で歌う生徒が黒目だけを動かして私を見た。白い蛍光灯の下、視界が白く霞《かす》むような感覚を覚えながらも、「違う」「何度も練習したじゃないか」と、そう必死に自分に言い聞かせて声を張り上げようとした。しかし焦るほどに緊張が喉を押さえつけ、自分の声とは思えないような、音程の悪い掠《かす》れた歌が耳の奥で鳴り続けた。それは最後まで続き、調子が上がることはなかった。

何に対しても、強迫観念が強すぎるのだと思う。「失敗しちゃいけない」「否定されたくない」という想いが脳裏にびっしりこびりついて、いくら頭を振ったって剝《は》がれない。どうしてそうなってしまうのか、私自身分からない。解決方法も分からない。だから人前では絶対に歌いたくない。私の輪郭は、ないないないだらけの糸で編まれて形成されているのだ。

「おーい、どした?」

彼ののんきな声で、ハッと我に返った。

「な、とりあえず上がって」

彼が丸い目を細め、にっと笑った。その瞳に、どこか懐かしいものを感じた。けれどそれが何なのかは分からなかった。

「……うん」

私は静かにスニーカーを脱ぎ、上がらせてもらった。歌えないと、正直に話そう。くるくる豊かに表情を変える彼の、まだ見ぬ落胆した顔がすぐに思い浮かび、なんだか胸が重たくなった。

畳が敷かれた六畳ほどの部屋に案内されると、自分と同じ高校の制服を着た男の子と女の子が、座卓を囲むようにして腰を下ろしていた。

「お、ほんとに連れてきよった」

涼しげな目元をした男の子が私を見上げ、驚いたように呟《つぶや》いた。

彼らもクラスメイトではなかった。それにしても、まるで真夏に毛糸のセーターを着ている人を目にしたみたいな、さも不思議なものを見る表情でじっとこちらに視線を送るのはやめてもらいたい。否応無しに不安がこみ上げてくる。

「おう、学校中探したわ。まぁまぁ、とりあえず座って座って」

「自分家《ち》みたいに言うとるけど、こっちの彼のお宅やけんね」

大人っぽい顔立ちをした女の子がくすりと微笑み、隣の男の子を指差した。「は、はは」私はその一見和やかそうな雰囲気にうまく交ざりきれず、べったりとした作り笑いを顔面に貼りつけていた。私だけが突っ立ったまま彼女たちを見下ろし続けるのもきまりが悪く、そろそろと膝を曲げ、制服のスカートを織り込み小さく正座する。

「ねぇ、もしかして四月に転入してきたっていう子?」

首をかしげながら、女の子が訊《き》いてくる。長い黒髪がさらりと頰にこぼれると、彼女は白い指でそれをさりげなく耳にかけた。

「え、あ、はい」

圧倒的に、何を話していいのか分からない。居心地の悪さが喉をとらえ、それ以上の言葉は出てこなかった。

「ああ！　なるほどなあ。なんとなく潮野っぽくないもんな。で、名前は?」

彼に名前を尋ねられ、そういえば互いに名前すら名乗らないままここまで連行されてきたのか、と考える私をよそに、会話は次々と進んでいく。

「千景《ちかげ》、適当なことばっか言うな。というか、お前まさか名前も聞かんとここまで連れてきたん？　僕らの事情は話しとる？」

「うん。ボーカルが抜けたってことは。あ、俺は瀬戸《せと》千景。ギターやっとる。千景って呼んでな」

「お前のほうも名乗っとらんかったんか。なんや、急にバタバタさせてごめんな。僕は高橋《たかはし》玄弥です。ドラム叩いとる。何から話したらいいんかなぁ。とりあえず、ここは僕のばあちゃんの住まいでな。昔ささやかな商店やってたんよ。もう店は閉めとって、物置みたいになっとったスペースを片して、そこでバンド練習しよる」

「私は村瀬うみ。ベース担当。そうやね、みんなで音合わせるときはできる限りボリューム抑えて演奏するんやけど、それでもやっぱり漏れてはしまうんよね。でも玄弥くん家や近隣のみなさんのご厚意で、ありがたいことに続けられとる。ライブ前になると防音完備のスタジオ借りて、練習したりもするよ」

「そこやったら思い切り音出して演《や》れるけん、本番前の仕上げで入ることが多いかな」

瀬戸くん、が懇切丁寧に補足してくれる。時計回りに行われていく怒濤の自己紹介に、私はすっかり呆気《あつけ》にとられ、まばたきをするだけでいっぱいいっぱいだった。引き結ばれたままの私の唇は、どうしていいのか分からずもぞもぞと動いている。いいや、きっと自分が名乗る番だと分かっているのだけど、例の如く緊張がぐんぐんせり上がってきて、唇をしびれさせているのだ。

ただ、名前を言うだけじゃないか。それにきちんと伝えなきゃ。私は脳内で同じ言葉を何度もなぞる。詰めていた息をそうっと吐き出し、そのまま大きく酸素を吸い込んだ。

「……み、水原《みずはら》、心音です。あの、名前、教えてくれてありがとう……でも、」

私は歌えない、と精一杯のせりふが続くはずだった。しかし最後のメンバーの登場により、流麗に遮られることになる。

「すみません遅れましたああ‼」

その声と共にガシャン、と勢いよく引き戸が開いた。息を切らした小柄な女の子が飛び込んでくるのを、私は「でも」の口の形のまま見ていた。

「おお、唯《ゆい》ちゃんも来たし、全員そろったな」

瀬戸くんがぐいんぐいん肩を回している。唯ちゃん、と呼ばれた彼女だけが制服のリボンがグリーン色だ。この高校は、学年ごとにリボンの色が異なるので、彼女だけが一学年下と分かる。

「この子は坂口《さかぐち》唯ちゃん。二年生の後輩。めちゃめちゃキーボードがうまい」

「えっ！　千景先輩、新しいボーカルの方、もう見つかったんですか⁈」

その後輩の女の子が、大きな瞳がこぼれ落ちそうなくらい目を見開き、声を輝かせる。

「あ、私は、違……」

「よっしゃ。とりあえずちょっと音出しながらやろうや！」

「ちょっと、今日ミーティングって聞いとったから、ベース持ってきとらんよ」

「ああ、そうか。俺は一応ギター持ってきとるけど、まあひとまず移動や移動」

瀬戸くんがパシーンと両手を叩くのを合図に、みんなぞろぞろと立ち上がりだした。発言のタイミングを逃し、ただおろおろすることしかできず、結局、私はまた笹舟と化し、ゆらゆらと流されるまま彼らについていくのだった。

高橋くんが話していたとおり、元々商店であったのだろうそのスペースには、マイクスタンドを中心に、後方にドラムセットが組まれ、周囲にはそれぞれの楽器のアンプが並んでいた。バンドスタジオと呼ぶにはいくつか足りないものもあるように思われるけど、音を合わせるにはじゅうぶんすぎる空間だった。

どうやら楽器を持ってきているのは瀬戸くんだけのようだ。ケースからエレキギターを取り出し、こなれた手つきでアンプに繋《つな》ぐ。ノブを繊細に回しながら音量を調整し、適当なコードを鳴らしてチューニングをしている。

「なあ、前にカバーした曲あるやろ。ほらジブリの」

チューニングを終えた瀬戸くんがみんなに語りかける。ジブリの曲を高校生のバンドが演奏している風景にはこれまで出会ったことがなくて、へぇと意外に思っていると、

「ああ、魔女宅のな」

ドラムイスに腰掛けた高橋くんがそう言った。「えっ」と蚊の鳴くような声がした。私の声だった。

「水原さん。『やさしさに包まれたなら』、俺らも一回演っとるんよ。いい曲よなあ」

「う、うん」

「今日はアコギ家に置いとるけんエレキの音色《おんしょく》になってしまうけど、一緒に歌ってみらん？」

まるで、後ろの席の子にプリントを回すくらいの軽い調子で、「はい」と瀬戸くんが私にマイクを差し出した。

汗ばむ手のひらをぎゅっと握り直す。私はそれを受け取れない。みんなの期待する視線が背中に刺さって痛い。私は口の中をからからにしながら、沈黙の底から懸命に言葉を引っ張り上げる。

「ごめん、なさい……私、歌えない」

申し訳ない、という気持ちがじわっと胸を湿らせた。

私は、人前に出た途端歌えなくなる。改善のきざしはいまだ見えない。力になれず申し訳ない。でも欠陥品が迷惑をかけるのはさらに申し訳ない。私には、ひとりの歌が似合っている。

「俺、昨日水原さんがこの歌弾き語りよったの聴いて、なんていうか、胸がぐあああなったんよ」

「いや、私、声、出なくて……へ、下手で」

「昨日えらい上手に歌いよったやん」

「……ひとりなら、歌えるだけで……」

「またまた」

「謙遜、とかやないんよ、えっと」

「うーん」

俯いたまま上目だけでこそこそ様子を窺《うかが》う。けれど私の言葉不足のせいか、瀬戸くんは「はて?」といった面持ちで首をかしげるばかりだ。彼だけでなく、みんな同じような表情をしている。おそらくこの調子では、時間の砂だけがさらさらと落ちていくだけだろう。

私は、怖い顔をした犬の頭に触れるみたいに、おそるおそる、手を伸ばした。瀬戸くんの手から黙ってマイクを受け取ると、「おお」という声がぱらぱらと聞こえてくる。

論より証拠。できないことを証明する言葉にしてはかっこよすぎるけれど、ともかくこれが一番手っ取り早く全員を納得させられる手段だろう。

「はは、ありがとう！　じゃあカウントとるなあ！」

瀬戸くんが、打ち上げ花火みたいにぱっと笑顔を弾けさせた。彼の大きな手のひらが弦をそっと包み込む。「ワン、トゥー、スリー、フォー」小さく声が刻まれる。

『やさしさに包まれたなら』のイントロはギターからはじまる。瀬戸くんが音を奏でた瞬間、柔らかい風がふわっと前髪を揺らした。

いや、音が漏れないように閉め切った空間にいるのだから、風は吹かない。気がしただけだ。けれどそう感じさせられるくらい、彼のエレキギターから鳴る音は限りなくやさしく、私の心のかたい部分を直接撫でて、震えさせた。

棒立ちで聴き入っていると、ドラムの音が入ってきてハッとする。この歌のイントロは四小節。次の瞬間から歌が入る。

弾かれたように顔を上げた時、視界の左端に、瀬戸くんが映った。

彼がこちらを見ているのが分かった。磁石のN極とS極みたいに、視線が勝手に吸い寄せられる。すると彼が、柔らかそうな目元をふんわり細め、微笑んだ。

あ、とまた胸に懐かしいものが浮かぶのを感じながら、私は、短くブレスをした。

あ、とふたたび思ったのは、歌がはじまって四小節が過ぎた頃だった。

私はいとも素直に、なんの滞りもなく、声を、歌を、紡いでいた。

幼い頃から口ずさんできた曲だから、歌詞は口が覚えている。けれど、そういう話じゃない。音楽のテストの時のような、喉を根こそぎ奪われたみたいな感触もなければ、人と対面した時の体の芯がぎゅっと絞られるような感覚もなかった。

どうして、歌えているのだろう。

「いいね……」

アウトロが終わり、一瞬の静けさのあと、誰かがぽつりと言った。淡く色づく形のいい唇をきゅっと引き上げて笑う、村瀬さんの声だった。

「な、めちゃめちゃいいやろ」

瀬戸くんが白い歯をのぞかせ、にぃっと笑う。私はその笑顔をまじまじと見た。彼の笑みが、私の記憶の隅を突っついているのはたしかなのだけど、それが何なのか、やはりうまく思い出せない。

とくとくとくとく、心臓は遅れて、騒ぎ出す。フルコーラスを歌い終え、今頃になって鼓動はどんどん早打ちをはじめていた。

私、歌えたんだ……！

「わ……、す、すごい」

素直な感嘆がつるりとこぼれ出た。興奮していた。お誕生日じゃないのにプレゼントをもらった時のような、驚きと、喜びと、信じられなさが、私の心の中でがっしり手を結び合っていた。

もしかしたら、ここにあるのかもしれない。

自らのコンプレックスを打破するヒントが。

根拠はなかった。だけど「きっとそうだろう」と、私は天啓を受け取ったみたいに、直感的に思った。

歌だけじゃない。長年、自分じゃどうすることもできなかった、人との向き合い方における切実すぎる悩みを解決する糸口が見つかるかもしれない。

ずっと、このままでいいと思っていた。仕方ないと思っていた。けれどほんとうは、そう言い聞かせていただけだったのかもしれない。

変わりたい、という素直な気持ちが、体の底からふつふつと湧いてきたのだ。

「一緒に歌ってくれん?」

と、もう一度瀬戸くんに問われる。私はすごくはっきりとした声で、言った。

「はい……っ」

私は、深さの知れない海に目を瞑《つむ》って飛び込むみたいに、彼らの輪の中へダイブしたのだ。

「わああ嬉しいです！　唯も今日キーボード持って来ればよかったなあ」

「ありがとう。千景くんが必死になって連れてきたくなるのも納得した。いい声。鈴の音みたい。澄んでてよく響くというか。歌ってもらえるん、私もほんとうに嬉しいな」

「な！　夏のライブが楽しみや」

瀬戸くんがジャカジャカと適当なコードを鳴らしながら、歌うような口ぶりで言った。

夏のライブ。

「水原さん、千景の説明不足でごめんな。僕ら、八月のライブに出演できることになったんよ。潮野まつりのオープニングアクトとして」

潮野まつり。

「はぇ」ととぼけた声が口をついて出た。潮野まつりは、数年前から潮野町が主催している地域に根付いた野外イベントだ。広い世代に向けて音楽・映画・小説など様々なカルチャーを取り扱うおまつりで、ライブステージには潮野にゆかりのあるミュージシャンも多く出演する。私もここに引っ越してくる以前、何度か訪れたことがある。

「ラ、ライブやるなんて、」

聞いてない、と訴えようとして、言葉が喉奥に引っ込んだ。違う。聞いてないのではない。聞かなかったのだ。そもそも、空き店舗を自らスタジオに作り替えるような人たちが、目標なしに活動しているわけないではないか。

瀬戸くん以外のみんなは、にこにこした笑みでこちらを見つめてくる。しかしそれは純粋な晴々しさだけでなく、「どうかやってくれるよね」というどこか切羽詰まった思いが、瞳に滲んでいる気がした。

瀬戸くんにいたっては、まるで当たり前のように、言った。

「じゃ、今日から水原さんがayame.のボーカルや。よろしく」

あやめ。

彼の口からこぼれたその名前は、不思議なあたたかみを含んでいた。

「えっと、うん……よ、よろしくお願い、します……っ」

戸惑いながらも、私がぺこりと頭を下げると、その場に張りつめていた緊張の糸が一気にほどけた気がした。

「よっしゃ！　なあ村瀬たちも楽器持ってきてやろうや」

「ええ、今から？　まあ、やりたい気持ちは同じなんやけど、今日軽くミーティングするだけって聞いてたし、私これからバイト入れちゃってる」

「唯も、同じくですぅ」

「えー」

「そりゃそうやろ。千景も無理ばっか言うな。水原さんほんとにありがとうな。今日はこの辺で解散になるけん、詳しい話はまた明日にでも」

「先輩！　よろしくお願いします」

唯ちゃんが、生まれながらの無垢さで私に両手を差し出す。

「よ、よろしくっ……」

どきどきしながらそっと手を伸ばすと、彼女のふわふわした手のひらにぎゅうっと包まれた。

なんだろう、ものすごく、照れる……。

「心音ちゃん、連絡先教えてくれる？　私たちのグループチャットに入ってほしいな」

心音ちゃん、という響きに心臓が大きくジャンプした。ふふふ、と村瀬さんが微笑む。彼女は仕草や口調からか、話すとより大人びて見える。

私たちは連絡先を交換し、それぞれ別れた。仮スタジオ（彼らと同じくそう呼ぶことにする）を出ると、空はすっかり暮れていて、雲を朱色に光らせていた。交差点の分かれ道まで、瀬戸くんと並んで歩く。

「これは俺の持論なんやけど」

パステルカラーの青とオレンジが、絵画みたいに溶け合う空を見上げながら、彼が言った。

「帰り道に白い月が見えると、いい日」

瀬戸くんは、制服の白シャツから伸びるうっすら焼けた腕を空にかざす。彼が指差す先には、淡くて白い月が浮かんでいた。

「……な、なんで？」

思わず食い入るように訊き返していた。私が月、と言われてイメージするのは、夜の中、金色に浮かんでいる姿だ。だから、真昼や夕暮れに浮かぶ白い月って、光を失ったように見えて、どことなく切ない気持ちになる。

「月ってつねに輝き続けとるんよ。けど、昼間は、太陽が空を照らす光に埋もれてしまうことも多い。でもな、月の位置とか天気によって、今日みたいに空の明るさを追い越して浮かび上がってくるんが、白い月。そう思うと、なんか白い月に愛着湧かん？　空の明るさに負けじと懸命に輝いとるっていうか」

瀬戸くんがにしっと歯をのぞかせながら空を見上げている。私はその横顔をちらりと盗み見た。月がそんな意志を持っているはずないし、なんだか変わったことを考える人だなと、少し不意を突かれたような気になった。突かれた胸の隅が、小さく音を立てる。

「て、天体、とか、詳しいん……？」

「いいや、正直今のは受け売りなんやけど。でも、白い月が好きなんは、ほんとう」

「そう、なんや」

「おー。じゃ、また明日な」

瀬戸くんは、ずっしりと重たそうな腕を大きく一度振り上げると、颯爽《さっそう》と交差点を渡っていった。

「また、明日……」

遠く、小さくなっていく彼の背中に、私はひとり呟いた。

ここから私と彼の、短い季節の永遠を綴る、終わりとはじまりの物語の幕が開くのだ。

2

「おはよう、心音ちゃん」

翌朝登校すると、下駄箱で村瀬さんと遭遇した。

「あ、おっおはよう、村瀬さ、ん……！」

学校で朝の挨拶をされるなど、まるで１００年ぶりの出来事みたいだった。いつも以上に舌が回らない。

「放課後、よろしくね」

言葉がつっかえる私を、村瀬さんは全く意に介さず、ふふふと笑って通り過ぎて行った。すれ違いざま、彼女の長い髪がふわりと揺れた。深い森みたいなオリエンタルな香りが漂う。香水のむせ返るような強い匂いとは違う、そばに寄るとほのかに鼻腔に触れるいい香り。

昨日はガチガチに緊張していて気づかなかったけれど、村瀬さんはそういった類の香料を身につけているのかもしれない。

千景『明日、夏のライブでやるセトリ決めようや』

昨夜、参加したばかりのグループチャットに、瀬戸くんからメッセージが届いた。

千景『潮野まつり一日目のオープニングアクト。持ち時間は30分。やけん、まあ五曲が妥当かなと思っとる』
高橋『曲どうする？　主催者側には、カバーでもオリジナルでもいいって言われとるけど』
umi『カバーはやったほうがいいと思う』
千景『そうやなー。いわゆる夏の定番曲、みたいなのはやっときたいな』
ゆい☆『絶対たのしいやつう！』
umi『でもせっかくやし、一曲くらいオリジナルもやりたいな。新曲』
高橋『あ、僕も思った』
千景『よっしゃ！　じゃあカバー四曲、オリジナル一曲。カバーの選曲は明日プレゼン大会やな』
ゆい☆『かしこまりです！』
umi『了解』
高橋『おっけー』
水原心音『はい』

チャットの中でも空気と化してしまう私は、最後にようやく承知の意を送信した。

教室に入ろうとすると、入り口の引き戸の前で、男女のグループがおしゃべりをしていた。通せんぼされているわけじゃない。彼らは会話に夢中で、私の存在に気づいていないだけ。後方の戸に目を向ける。そちらも同じ状況だった。

「おはよう」と、一言声をかければ、きっと道を空けてくれるのだろう。けれど、私はいつもその一言が言えない。どうしてたった四文字の言葉すら、伝えられないのだろう。

結局、うじうじと右往左往している私に気づいたひとりの生徒が、おしゃべりに興じながら通路を作ってくれ、私はさっとお辞儀をして黙って通り抜けた。

スクールバッグを肩から下ろし、席につく。腰を下ろした体が、無性に重たい。この、臆病さでみっちり編まれた重たいヴェールを、私は本当に脱ぎ捨てることなどできるのだろうか。


終礼後、放課後の教室の喧騒をくぐり抜け廊下に出ると、ふたつ隣のクラスから出てきた村瀬さんと、ふたたび鉢合わせた。

「おつかれさま」

「あ、うん」

「一緒に行かん？」

高橋くんのお宅へ向かうことを指しているのだろう。すらりと背の高い彼女が自然と私の隣に並ぶ。

「うん……っ」

誰かと並んで歩くのは、どうしたって慣れない。体が勝手に緊張する。私はロボットのようなテンポで足を動かし、ふたりで校舎を出た。

下駄箱を出ると、校門まではゆるやかな下り坂になっている。坂の両脇は濃い緑の葉をつけた木々で縁取られていて、木漏れ日がまつげに滑り落ちてくる。

「潮野まつりって、行ったことある？」

村瀬さんが言った。午後の日差しが彼女の横顔を淡く照らす。

「う、うん、ライブ、観に行ったよ」

潮野まつりは毎年八月に二日間かけて行われる。〝カルチャーの祭典〟がテーマらしく、主なステージは音楽ライブだけど、ライブの合間にミュージシャンと映画監督、あるいは小説家とのクロストークコーナーが設けられたり、時には地元ダンスチームや高校吹奏楽部とコラボレーションしたりと、潮野はそういった新しい〝おまつり〟の形を生み出そうとしている。いわゆる夏のロックフェス的な派手さはないけれど、夏休み真っ盛りということもあり、毎年多くのお客さんが来場している。その様子は地方新聞でも大きく取り上げられていた。

「毎年、土日の二日間で開催されてたんよ。それで、年々来場者数が増えて、おまつりの知名度も上がってきてね。今年は実験的に、金土日の三日間で行うんやって」

「へえっ、そう、やったん」

「うん。でね、三日間のオープニングアクト枠のオーディションがあって。最後のライブになるかもしれんし、頑張ろうって必死に練習したんよ」

「最後……」

「うん。今年は受験生やからね。文化祭も出らんことにしとる。卒業ライブみたいなことはやるかもしれんけど、どうやろ。元々音楽好きな人間同士が集まって、ここまで趣味で続けてきたけど、卒業したらこんな風に集まれんから」

コンクリートの階段をゆっくり下っていく。背にしたグラウンドからは、野球部なのかサッカー部なのか、数をカウントする男子の声が遠く聞こえる。

卒業、という彼女の言葉から、進路、というキーワードが無条件に脳裏をよぎる。今月の頭に二者面談があった。私は地元の大学への進学か、それとも就職か、未だに迷っていた。高校を卒業した後の自分の姿はちっとも想像ができず、全く具体性を帯びていない。

「あの、そんなに一生懸命、オーディションに向けて頑張って、その……なんでボーカルの子は、抜けたん……？」

「あぁ、ううんとね」

村瀬さんが口を開こうとすると、にょき、と新しい影が伸びてきた。

「どうも。僕も一緒に行っていい？」

その声に、私と村瀬さんは同時に振り仰ぎ、高橋くんを見上げた。

「わお。すごいタイミング。ちょうど君の話をしとったんよ」

「えっ、何？」

「なんでボーカルの子が抜けたかって話」

村瀬さんが、悪戯《いたずら》っぽくくすりと口角を上げた。

「あぁ、その話……村瀬って時々意地が悪いとこあるよなあ。え、僕が説明するん？」

「あは、ごめんそれは酷やね。えっと、率直に言うと元ボーカルの女の子が、玄弥くんに告白してな。彼があっさり断ったものやから、彼女、『報われんのに一緒にいるとか無理』ってバンド飛び出してしまって。大変やったなぁ」

「その子、他校の子やったんよ。僕と中学が同じでな。三年の時同じクラスで、歌うまかった覚えがあって。その子がたまたまバイト先にお客さんとして来たときに誘ったんよ」

「玄弥くんは人たらしやからねえ」

「村瀬、今日は一段と意地悪や。でも、僕にはああしかできんかったし」

「別に誰も責めとらんよ。彼女、たしかに上手かったけど、高橋くんがおらんと練習もミーティングも軒並みサボっとったし、まあ仕方がなかったというか。それに、心音ちゃんと出会えたわけやし」

高橋くんがバツが悪そうな顔で首を掻いている。私は自分で訊いておきながら、元ボーカルの子が辞めた理由より、だんだん別の問題が気になりはじめていた。

「わ、私、オーディション受けとらんけど、大丈夫なんかな……」

「うん」

「うん」

ふたりの軽やかな声がきれいにハモる。グラウンドからまだ聞こえる運動部の掛け声が、初夏の澄んだ空気をたゆたっている。

「歌に関しては申し分ないし、一応千景が問い合わせて確認したって。メンバーが変わるのは問題ないとのことやって」

「……ありがとう。わ、私、頑張り、ます」

うん、と村瀬さんの落ち着いた声が鼓膜を包んだ。自分の耳が、少し火照っているのが分かる。私はふたりにバレないように、髪の毛でそっと耳を隠した。

「高橋せんぱあい、さよならあ〜」

通り過ぎていく後輩の女の子たちが、振り向きざま高橋くんに手を振った。彼は困ったような笑みを浮かべて、軽く手をひらひらさせる。

「君はほんとうにモテるなあ」

村瀬さんが、感心とからかいを混ぜ合わせたような表情で、くすくすと笑い声をこぼした。

高橋くん家に向かいながら、どういう経緯でayame.のメンバーが集まったのかをふたりが話してくれた。

「僕と千景、幼稚園からずっと一緒なんよ。いわゆる幼なじみってやつやね。あいつ、小さい頃は肩まで髪伸びとって、女の子みたいに可愛かったんよ」

「あぁ、千景くん今でも可愛い顔立ちしとるもんね」

「はは、そうか？　で、いつからやろうなぁ。千景、しょっちゅうお兄さんの部屋から勝手にiPod借りてきて、それを一緒に聴いてたりしとって」

「出雲《いずも》さん、あ、千景くんのお兄さんの名前ね。千景くんを300倍くらいクールにしたみたいな人よね。何度かライブ観にきてくれたことあるんやけど、なんていうか、口の端だけでゆらっと笑うような、どこかミステリアスな感じ」

「はは、確かにそういうのあるかもな。まあ出雲くんの話は置いといて、小さい頃から僕ら音楽が好きやったんよ。しかも、あいつの父さんが潮野のライブハウスの店長やっとるんやけど」

私はハッと顔を上げた。お兄さんの話はぼんやりと聞いていたのだけど、この話題はすぐにピンときた。

「……えっ、あ、それって『Cloud View』……?」

「あぁ、そうそう。もしかして行ったことあった?」

うんうんと私は頭を縦に振り返事をした。

『Cloud View』は十数年前、潮野にできたライブハウスで、比較的新しいハコだと思う。前に好きなバンドがそこでライブをしたことがあり、観に行った。このあたり出身のミュージシャンは、地元にいる頃は必ずそこでライブを踏むのがお決まりで、下積み時代を『Cloud View』で過ごしたバンドの知名度が上がるにつれて、ライブハウスの名も知れ渡り、演者とともに育っていったハコとして全国的に有名だった。

「僕も千景とチケット買ってよく観に行ったよ。どうしてもお金がない時は、こっそり袖から観せてもらったり」

「君たち、ほんとうにずっと一緒なんやねぇ」

「知らん間にそうなっとったな。で、千景そのライブハウスでバイトしとるんやけど、高一の冬やったかな。イベントに出とる高校生バンドのライブ観たらしくて。その日の夜に電話かかってきた。『バンドやろうや』って」

瀬戸くんの弾むような声が頭の中で再生される。まるで自然な引力で人を巻き込んでしまうのは彼の天性の才能なのかもしれない。

「僕はブランキーの中村さんのドラミングのファンやったから、ドラムやってみたくてなあ」

高橋くんがときめきに近い表情で話す。ＢＬＡＮＫＥＹ ＪＥＴ ＣＩＴＹは私もＣＤが擦り減るほどリピートして聴いてきたから、思わずぽわんと心に明かりが灯った。

「千景はもともとギターやっとったから、ひとまずベースとボーカル探すぞ、となるわけ」

「私は、その時同じクラスやった千景くんに誘われたんよね。中学生の頃に、コピーバンド組んでてベースやっとったんやけど、それを誰かから聞いたみたい。で、最初は四人でやってて、あとから私が唯ちゃんに声かけた。唯ちゃんは、私のバイト先に新しく入ってきた子で、ネットにピアノのカバー動画アップしとるって話しとったから」

手元だけなので顔出しNGですけどね！　と村瀬さんが唯ちゃんの口ぶりを真似してお茶目に言った。

初夏の鋭い日差しが三人ぶんの影を刻んでいた。私はその景色を、静かに目に焼きつける。胸の奥が、きゅんとした。私の胸は、密かに喜びの音を鳴らしていた。


高橋くん家に到着すると、それから少し後に唯ちゃんが来て、最後に瀬戸くんが合流した。

「すまん、遅れた」

「音楽室？」

「まあそんなとこ」

私たちが、唯ちゃんの〝弾いてみた〟動画を観ている後ろで、男の子ふたりがつらつらと話している。

「千景、大丈夫そうなんか？」

「あー、どうにかなるやろ」

動画は終わりに近づき、「だいたいこんな感じです！」という唯ちゃんのせりふで、スマホの画面は真っ暗になる。その時、瀬戸くんから声をかけられた。

「あ、水原さんよ。この間の感じやと、ギター弾けるよな？」

瀬戸くんが、手振りでギターを弾いてみせる。

「う、うん……多分、ある程度は……」

「なら、ギタボ？」

ギターボーカル、と頭の中で変換し直し、私は一瞬考えた。ライブのステージに立つ自分の姿を目の奥で想像していた。

マイクの前に佇《たたず》む自分の手の中には、母のアコースティックギターがあった。

改めて実感した。母のギターは、私にとって心強さの象徴のような、お守りのような存在なのだ。

「ギターも、やりたい、です……っ。エレキとアコギ、両方、あるけん、その、バッキング弾かせて、もらえたら……」

「おっ、いいね。んじゃ俺がリード弾くけん」

リードがいわゆるメインギターで、バッキングはサイドギターという役割になる。あっさり頷いてもらえたことに、ほっと息をつく。

「わあ、ギター二本になるんですね！」

唯ちゃんがぱちぱちと小刻みに手を叩いた。手首につけられているシュシュもにぎやかに揺れている。

「おっしゃ！　そしたらまずカバー曲決めるか」

瀬戸くんは畳にあぐらを掻くと、ayame.と表紙に書かれたノートをめくり、白紙のページを開いた。

「はいはい！　唯は、『渚』やりたいなあ。スピッツ！」

「いいね」

「わかる」

「あるなあ」

三人が口々に感嘆の息を漏らした。瀬戸くんがさらさらとペンを走らせる。潮野まつりの会場となる丘の上の公園は、潮野の海を見渡すことができる。海とスピッツは、塩むすびにお味噌汁の組み合わせくらい、この上なく隣り合わせが似合う。

「個人的には、『青春と青春と青春』も好きなんやけど」

村瀬さんが悩ましい顔をしながら、ううんと軽く唸《うな》る。

「渋いなあ。僕もいい曲やと思うけど、あいみょんやったら『マリーゴールド』が堅いかも」

「やっぱりそうよね。お客さんと広く共有できるのがカバーの醍醐味でもあるし。『マリーゴールド』、候補としていれていいかな？」

村瀬さんの切れ長の瞳が私を捉える。私はこくりと首を縦に振る。晴れた空に映えそうな、爽やかですてきな選曲だと思った。

「俺、フジファブの『若者のすべて』も好きなんやけど」

瀬戸くんが、困ったような表情でそう言うと、みんな次々に曲名を言い合った。

「『夏夜のマジック』とか、indigo の」

「『打上花火』もよくないですか。岩井俊二のアニメ映画の主題歌やった」

「テナーの『シーグラス』！」

その一連の発言に、私は気になることがひとつあった。がんがん言い放ったみんなも、何か言いたげな表情をしている。

「あ、えっと……ayame. の出番は、何時なん……？」

そう、おそるおそる訊いてみる。さっきみんなが口にしていた曲は、夏の「夜」や「夕景」の描写が印象的なものばかりだった。「それなんよ」と瀬戸くんが呟く。

「俺らの出番は午前9時スタート。夏の夕暮れとか、夜を歌った曲には名曲多いんやけど」

瀬戸くんが眉を下げ、「くうう」と低い声を漏らす。

「うん、そうなんよね。まぁでもそれはそれ、これはこれ。朝の太陽に似合うセットリストにしよう。あとはアップテンポな曲が欲しいかな」

と、村瀬さん。

「前にライブハウスでやった『高嶺の花子さん』は盛り上がりましたよねぇ」

これは唯ちゃん。

「たしかに。僕らの想像以上に揺れとったなあ」

頷く高橋くん。

「あー俺も賛成」

ノートに書き込む瀬戸くん。軽快な会話が、目の前をどんどん流れていく。

「あら、案外順調に決まってきたんやない？　じゃあ『渚』と……」

村瀬さんが、候補曲をおさらいするように呟いている。あの、と声を発しようとして短く息を吸った時だった。

「水原さん、やりたい曲ないん？」

瀬戸くんがこちらに向かって尋ねる。彼の瞳の黒がいきいきと光って、私の目に反射した気がした。

「……『やさしさに包まれたなら』を、歌いたいって、思った。その……、」

続きの言葉ははっきりと舌の上に並べられているのに、唇から先へと通過していかない。この曲は私個人としての思い入れが強くて、言葉にするのにあとひとつ躊躇《ちゅうちょ》してしまう。

「うん」

瀬戸くんが、またあのどこか懐かしいような表情で頬を緩ます。

不思議だった。彼の、目の下がぷっくりと膨らむあの柔らかな笑顔に触れると、何か懐かしいものが込み上げてきて、ぐいっと声が引っ張り上げられる。

「……みんなと、出会った曲やから……それに、その曲……お母さんが好きやったんよ。だから、やって、みたい、です」

「うし、決まり。カバーはそんな感じやな」

瀬戸くんがあぐらを組み直しながら言う。またもあっさりと受け入れられた。今まで経験したことのないスムーズさに、へんにどぎまぎしてしまう。

「あとはオリジナル曲」

瀬戸くんが言った。昨日の話しぶりからして、きっと過去にいくつかオリジナル曲を作っているのだろう。

「俺、今書きかけのやつがあって、それやってみたいんやけど」

瀬戸くんがさらりとそう提案した。

「わお、いいですねえ！　どんな曲なんですか？」

唯ちゃんが、くっきりと刻まれた二重《ふたえ》まぶたをぱちぱちさせながら訊く。

「歌詞は正直全然まだ。でもなんとなくテーマはあって、『一瞬で永遠の光』みたいな……。漠然としとるけど」

彼の言葉にはにごりのないまっすぐさがあった。一瞬で永遠の光。その儚《はかな》い響きを、私は少し意外に思った。瀬戸くんは絶えず光を放ち続けるような人だから。彼自身が感じる『光』はどんな温度をもつのだろうか。あるいはどんな色彩を描くのか。

「いいやん。千景は案外アンニュイなところあるよな」

高橋くんはからかうようにそう言った。けれど真剣に「いい」と思っていることは、高橋くんの表情を見ればすぐに分かった。

「案外やないですぅ。いつだって物憂げな美少年ですぅ」

瀬戸くんが唇を尖らせておどけてみせる。それが拗《す》ねてる子供を見ているようで、可笑《おか》しい。

「千景先輩！　誰も美少年なんて言ってません！」

唯ちゃんが底抜けた明るさで正しく突っ込みを入れる。私は、自分の頬骨が自然と高くなっていることに気づく。久々に、人前で無防備に笑っていた。

「まあまあ、サンキューな。じゃあなんとなく曲の輪郭整ってから、みんなには聴いてもらうようにするわ」

瀬戸くんの関節の太い指が、ぱたんとノートを閉じた。表紙に書かれたayame.の文字に西日が差し、黒のインクが透明に光る。

その刹那の光に見とれていると、唯ちゃんがこそこそと私に近寄ってきた。

彼女が私に耳打ちする。

「心音先輩、ayame.ってバンド名の由来、気になりませんか？」

「えっ？　あ、ああうん。女の人の名前っぽいなとは、思っとったけど……」

「ふふ、なんや千景先輩の初恋に由来するんやって言っとりました。アヤメってお花に起因しとるとか」

「へぇ、そっか、お花、なんや、ロマンチックでいいね」

ちらりと瀬戸くんの横顔を見た。この時、私の胸はまだ平穏を保っていた。

この会話が、のちにあんなにも私の心の尾を引くことになるなんて、まったく思っていなかった。


ミーティングを終えて帰宅すると、すぐに食事の準備に取り掛かった。私が中学に上がるまでは、食事はすべて父が作ってくれた。だけど幼い頃から私も父の隣に立ち、手伝いながら火の取り扱いや包丁の使い方を教わった。中学に上がる頃には私が食事当番を名乗り出て、以降そのまま引き継いでいる。

制服の上からエプロンをつけると、冷蔵庫から豚肉のパックと、半分にカットされたキャベツ、そして調味料を取り出した。

まずタレを作る。料理酒、醤油、みりん、砂糖、生姜チューブを銀色のボウルに加え適当に混ぜ、豚肉を投下する。タレをひたひたに染み込ませた肉はそのまま放置し、今度はキャベツ。垂直に包丁を入れ、半分だったキャベツをさらに半分にし、淡々とリズムを刻み千切りにしていく。

切ったキャベツをふたつの皿に盛りつけながら、壁掛け時計に目をやる。18時50分。そろそろ父が帰る時間だ。今朝、作り置きしておいた味噌汁を火にかけながら、肉と一緒に焼く玉ねぎをくし形切りにしていく。生姜焼きはあつあつの焼き立てが一番美味しい。5分後に肉を火にかけよう、と想定しながら、ふたりぶんの食器の準備をする。

「ただいま。お、今日は生姜焼きか。よか匂いやなあ」

フライパンから香ばしい音と匂いが立ち上りはじめた頃、父がキッチンへと顔を出した。

「お父さん、おかえり」

私は密かに胸を撫で下ろす。いつも通りにできた。バンドをはじめることで、家事に支障をきたすようなことはしたくなかった。生姜焼きは、短い時間でも美味しく作ることのできる心強いメニューのひとつだ。

ほっとしたからか、タレを焦がした甘辛い匂いがふわんと鼻先を掠めた時、ぐるるとお腹の虫が鳴った。1時間程度のミーティングだったけど、ずいぶんエネルギーを使ったみたいだ。

木目のテーブルに向かい合わせに座る。

「いただきます」

それぞれ手を合わせ、私はエプロンを取る。

「あのね、お父さん」

「ん、どうした」

いそいそと生姜焼きを口に運ぶ父に、私は麦茶を軽くひと口含んでから、切り出した。

「バンドを、ね」

「うん？」

「私、バンドに誘ってもらって。やってみてもいいかな……？」

「えぇっ」

父の、眼鏡の奥のくぼんだ目は今にも飛び出しそうなくらい見開かれていた。仰天、という言葉が父の顔面からポップアップしてきそうなくらい、心底驚いていたように思う。

しかし一瞬で、父はみるみる相好《そうごう》を崩した。

「心音、よかったなあ」

父はそう一言だけ、甘露水のような声で、呟いた。そんな父を目にして急激に照れ臭くなり、私はパッと目を逸《そ》らしてしまった。

「これからギターと歌の練習するんやけど、家のことが疎《おろそ》かにならんように、ちゃんとするけん」

「よかよか。その子たちとうまくやりなさい。家事は、俺だってある程度のことはできるけんな」

父はこれまで、口出しも押しつけもせずにいてくれたけど、私が抱える人付き合いに対する悩みをずっと心配してくれていたことは、父の部屋でその手の本を見つけた時から自覚していた。

「ありがとう、お父さん。やってみる」

私は琥珀色の麦茶を一気に飲み干した。四角い氷がグラスの中でカランと気持ちのいい音を立てる。ふぅ、と漏れた吐息まで喜色が滲んでいて、私は小さく笑ってしまった。

夜、自分の部屋で久しぶりに母の写真を眺めてみた。丁寧にアルバムに収められている写真のほとんどは父が撮影したもので、母ひとりで写っているものが多い。

「私、バンドやってみることにしたよ」

ギターを抱えた母に語りかける。きっと何かの曲を弾き語っていたのだろう。上がっている口角からは、ビデオでしか聞いたことのない母の声が今にも聞こえてきそうだ。

写真の中の母は、たいていひまわりのような明るさで笑っている。私も、真似して笑ってみる。それを手鏡に映してみるけど、笑おうとすればするほど、全然似ていない。年を重ね、大人に近づくほど自分の顔立ちに母の面影が滲むようになってきたように思う。自分の顔を鏡に映しながら、母の写真と見比べる。アーモンド形の目や、薄い唇の形は母譲りなんだ、と、たしかな血の繋がりを感じるたびに嬉しくなる。けれど、この大人のようで少女のような天真爛漫な笑い顔が、私にはできない。

私は鏡を伏せ、アルバムを開きっぱなしにしたままギターを取り、立ち上がった。笑顔が似てないなんて、別に今に気づいたことでもないからいちいち落ち込まない。そのまま部屋を飛び出す。

「お父さん、少し浜まで行ってくる」

夜の空気の中で歌いたい気分だった。家を出ると、海の水気を含んだ風が吹き、ふわりとTシャツを膨らませる。いい風だ。

街灯のない夜道を月明かりのもと歩く。見上げると、月がささやかな金色の光で、世界を照らしていた。

*

「新曲、六月中には聴かせられるはず」

という瀬戸くんの言葉があり、五月いっぱいはそれぞれカバー曲の自主練習に励むことになった。新たに必要な楽譜はお金を出し合ってネットで購入し、コピーして分け合う。

私は学校から帰宅すると真っ先にギターを取り、黙々と練習に打ち込んだ。なかなか指の痛いコードも頻出する。バンドスコアと睨み合い、詰まりながらもとにかく何度も弾き続ける。そしてバッキングが手に馴染み、指がスコアを覚えはじめてきたところで、鼻歌でなく本域の声量で歌ってみる。

これまでも、母が残していった楽譜の他に、お気に入りのバンドのスコアを買って弾いてみたことはあった。いろんな曲に触れる中でエレキギターも扱ってみたくなり、バイト代を貯めて手に入れると、歪んだ音色をひとり楽しんだ。そうやって、今まですべてひとりで完結させてきたから、ドラム、ベース、キーボード、そしてもう一本ギターが加わるのを想像すると、ぐんと鼓動が高くなった。

自主練をはじめて二週間近く経ち、季節は六月になっていた。夜の海辺で練習していると、背後から声がした。

「おーす」

瀬戸くんの大声に、驚いて歌声がひっくり返った。振り返ると、瀬戸くんが防波堤の上に立っている。

「び、びっくりした……」

「そんなに?」

「な、なんで、ここに?」

「時々この海沿いの道走っとる。そんで水原さんの背中見えたけん」

瀬戸くんの白いシャツが彼の体格の良さを浮かび上がらせていて、相変わらず、夜だと言うのに彼の周りだけなんだか明るかった。

「調子は?」

「……うん。まあ、まあ」

毎日練習を積み重ねることで、曲がずいぶん体に浸透してきたように思う。

「さすがやなぁ。来週末にはバンドで合わせるけんなー。楽しみや」

瀬戸くんの楽しげな声が風に揺られて運ばれてくる。彼は一言二言交わして走り去るのかと思いきや、「聴かして」と防波堤を軽やかに飛び降り、私の隣に腰を下ろした。

私は緊張しながらこくりと素直に顎を引く。これまでの練習の成果を、父以外の誰かに聴いてもらいたいと思った。

「じゃ、じゃあ、ちょうど、練習してたやつ……」

私はアコギを抱え直し、『渚』のイントロを奏でた。波音の狭間に音の粒が生まれる。指先から曲の景色が作り出されていく。この瞬間が私はいつだって好きだ。


アウトロのフレーズでたっぷりとギターの音色を響かせた。演奏を終えると、海辺からすぅっと音の余韻が引いていく。

「水原さんの声は海に似合うな。青くて深くて、底知れん」

瀬戸くんがほどけた笑顔で言った。潮風が彼の短い髪を揺らしている。私はピックを持った手で、軽く前髪を整える。

「あ、ありがとう……えっとあの、瀬戸くん、新曲は、どう……？」

「くぅ、もうちょい待ってなぁ。メロディはほとんどできとる。あとは歌詞なんやけど、なかなか思い浮かばんで」

「そっか、でもメロディできとるん、すごい」

「聴く？」

「ええっ、いいの……？」

「んじゃあ、ちょっと借りてもいい？」

瀬戸くんが私のギターを目で指す。私はストラップを肩から外し、神社で収穫物を捧げるみたいな仰々しいスタイルで彼に差し出した。「サンキュ」と、彼が男の人らしい太い腕で、同じように両手で律儀に受け取る。

父のものとも少し違う、硬くて重たそうな瀬戸くんの腕が私のギターを抱えた時、どきりとした。私のギターが、自分以外の誰かとひとつの像として存在している景色は新鮮で、胸にしゅわしゅわした微炭酸のようなものが満ちていく。

瀬戸くんは「とん、とん、とん、とん」とギターのボディを軽く叩くと、短く息を吸った。歌からはじまるんだ、と、彼の紡ぐ鼻歌を耳の中で転がしながら私は目を閉じた。まぶたの中に、白く透明な光がふわぁと浮かび上がってくる。リズミカルで明るいギターの音色に、体が自然と揺れる。

彼が、サビであろう箇所を高らかに歌い上げ、二番に入る。ギター一本の伴奏なのに、リズムやメリハリをきちんと体感させてくれる。瀬戸くんのギターは衝動的で、情感がほとばしっている。最後、ラストのサビで曲の世界はより広がりを見せた。音の粒が夏の匂いを連れてくる。

「細かいところはまだ詰められてないんやけど、まあ、だいたいこんな感じやなあ」

月明かりの下、瀬戸くんがちょっと照れ臭そうな表情をしていた。きゅう、と体のどこかで不思議な音がした。

「どう、やろ……？」

彼がちらりと私を見た。私は目をかっと開き、力いっぱい頷いた。

「いい、すごく、いい」

「わはは、マジですか」

「うん、マジです……！　瀬戸くん、声もいいんやし、自分で歌うと、いいのに……」

それはぽろりと出た本心だった。彼の少し掠れた声は艶っぽく響き、どこか耳に甘い。ピッチとかレンジとかそんなものどうでもよくなるくらい、はっきり言ってものすごくいい声だ。

「いいや、それは違うんよ。俺は、カバーもオリジナルも女の人の声で聴きたい」

「そう、なんや」

「おう。だから水原さん、俺めちゃめちゃ楽しみにしとるわ」

彼が分かりやすく嬉しそうな顔をして、ギターを返した。受け取ったギターは、彼の体温がわずかに残っていて、生温かさが肌に触れる。

どこまでも濃紺が続く夜空を仰ぎながら、瀬戸くんが訊いた。

「水原さんって、昔から歌うの好きやったん？」

彼は空の一点をじっと見つめたままだ。私も足元のきらきらした砂に目を落としたまま呟いた。

「うん、ようひとりで、歌っとった……。音楽も、ギターも……影響を受けてるんは、お母さん」

「へぇ」

「でも……ひとつ、別にきっかけが、あって」

こんな話を誰かにするのは初めてだった。

「ん」

瀬戸くんが、疑問形のニュアンスを含んだふんわりした相槌を打つ。鼓膜がくすぐったく揺れる。言葉がゆっくり喉をせり上がってくる。

「すごく小さい頃、お父さんに、遊園地に連れてってもらったんやけど……そこで、迷子の女の子に、スカート摑まれて」

あれは小学校に入る前だったと思う。父とふたりで遊びに行った県内の遊園地での出来事だった。肩まで伸びた髪が涙で頰に張り付いていた、あの小さな女の子の記憶を、そっと手繰り寄せる。

「はは、それで？」

「えっと……、『お父さんとお母さんとはぐれちゃった』って、わんわん、泣いとって……その時、うちのお父さんは、トイレ行っとったから、ふたりきり、やったんよ……私より幼い感じやったから、なんとかせんとって、思って」

「……ふむ」

「でも、しゃべるの下手やし、けど黙っとるとさらに泣くし、だから私……歌って。そしたら、たちまち笑顔に、なってくれて……」

何を歌ったのかまでは覚えていなかった。あの時、どうか泣き止んでくれと祈りに近い想いで歌った。自分の歌であの子が泣き止むのを見た時、「届いたんだ」という漠然とした喜びが胸を淡く満たした。

「それが、すごく嬉しくて……なんていうか、あぁ、自分にも、誰かを、笑顔にすることが、できるんやって、図々しくも思って」

「全然図々しくないよ」

瀬戸くんのやけに明瞭な声が耳元に触れ、私は糸で引かれるみたいに顔を上げた。瀬戸くんはじっと空を見つめていた。月に照らされた彼の横顔は淡い金色で縁取られている。

どうしてか、私は彼にこちらを向いてほしかった。どんな顔をしているのか真正面から捉えてみたかった。そしてえへへと笑い合いたかった。だけど瀬戸くんは、さっぱりした横顔のまま「いいね」と呟く。私は、黙ってぎゅっとギターを抱きしめる。

「うっし。水原さん、ありがとうな。俺も帰って練習するわ」

瀬戸くんは立ち上がり軽く砂を払うと、アキレス腱を伸ばす仕草を交互にしてみせた。どうやらまた走って帰るみたいだ。

「じゃ」

瀬戸くんはにっとして背を向けると、颯爽と階段を駆け上っていく。

彼が防波堤から歩道に飛び降りようとした時、私は叫んでいた。

「また、ね……っ」

上手に声が張れなくて、へんに上擦ってしまった。瀬戸くんがくるりと振り返る。慣れないことはするもんじゃない。恥ずかしい。

瀬戸くんはひらひら手を振ると、まるで羽を広げるみたいにシャツをはためかせてジャンプし、去って行った。

やがて私もギターをしまい、海を離れた。帰り道、まだ体じゅうの細胞が照れ臭そうに微熱を帯びていた。

この温度が、のちに自分では触れられない心の一部をじわじわとヒリつかせ、赤い、小さな痛みの花を開かせることになるなど、この時の私は知らなかった。

3

週末の夜のことだった。

『心音ちゃん、日曜、空いとる？』

バンドのグループチャットではなく、個人チャットにそのメッセージは届いた。送り主は村瀬さんだった。

予定はとくになかった。転校する前は、スーパーの在庫管理のバイトを週末にしていた。それならほとんど人と関わることなく、趣味に費やすお金を自分で稼ぐことができたからだ。潮野に引っ越してきてからは、まだバイト先を見つけていなかった。今年は受験生だから控えるつもりだったけど、のちのちスタジオ代なども必要になってくるだろう。早いうちに、短期間でも雇ってもらえるところを探したい。

週末はバイト探しをしようかなとうっすら考えていたので、突然のメッセージに驚きながらも、ひとまず返事を送ってみた。

『日曜、空いとるよ』

送信ボタンを押した直後、まるでおうむ返しのようなメッセージを送っていることに気づき、「あぁっ」とひとり言が漏れた。スマホでのやりとりくらい、ぎこちなさを振り払おうと心がけているのに。いつもは打った文章を必ず読み直してから返すくせに、どうも気持ちが逸《はや》っていて、考えるより先に指先が送信ボタンに触れていた。

それからほどなくして、村瀬さんからの短い返信を受け取った。

『よかったら、唯ちゃんと三人で遊びにいかん？』


日曜日は、蒸れた緑の匂いがむわんと風に薫る、初夏の晴天だった。

私たちは市営バスに揺られ、鍾乳洞を目指していた。

『心音ちゃん、どこか行きたい場所とかある？　市内まで出て、ショッピングモール行くのもありやけど』

村瀬さんとのチャットでのやりとり。市内へは電車で一本、だいたい1時間ほどで行くことができる。どうだろう。私は村瀬さんのことを脳裏に思い浮かべた。村瀬さんは大人っぽい。夏の制服の下にシンプルなデザインのネックレスを忍ばせていることや、爪先につやつやした透明のネイルがさりげなく塗られていることに、私は気づいている。大人びている彼女に似合う場所はどこだろう、下手な答えは返したくないな、としばらく自問自答を繰り返していたところ、ぶぶ、とまたスマホが震えた。

『そうだ』

村瀬さんから続けざまにメッセージが届く。

『鍾乳洞って行ったことある？』

潮野の鍾乳洞は国指定の文化財に登録されている、観光スポットのひとつだ。

『ううん、ない』

『前に行ったけど、すごく綺麗やったよ。心音ちゃん、好きやと思う』

私の鼓動はこの時点ですでに高くなっていた。すぐさま検索して出てきたホームページの、〝自然の神秘が織りなすタイムトラベル〟というキャッチコピーは胸をきゅんと鳴らせた。

『うん、行きたいっ』

私はスマホに向かって大きく頷いたのだった。


「心音先輩、うみ先輩、アメいりません?」

バス最後列の長椅子に三人並んで座っていると、「どっちか選んでくださいー」と、一番右端から、唯ちゃんがぎゅっと結んだふたつの拳を差し出す。

「ありがとう。じゃあ私はこっち」

村瀬さんが右の拳をつんと指先で突く。私も真似をしてもう一方をちょんと触れる。

「あら唯ちゃん、どっちもおんなじやん」

同時に開かれた手のひらには、同じパインアメがひとつずつ乗っかっていた。

「えへへ。唯はパインアメしか好きやないんですぅ」

「あ、ありがとう、唯ちゃんっ」

「そうやね、私も好きよ。甘くて懐かしい味」

袋を開け、輪切りのパイナップルを模した円形のアメをそっと口の中に含んだ。舌先で、パインアメの形をなぞる。その甘酸っぱさを、私はじっくりと、味わっていた。


鍾乳洞は想像よりも空いていて、受付には、私たちの他に家族連れが一組いるだけだった。

「ここの鍾乳洞は昭和時代初期に発見されたもので、中は15のポイントが設置されとります。それぞれ看板に説明書きがあるので、どうぞゆっくりご覧になってくださいね」

人の良さそうなスタッフのおじさんから説明を聞き、入場チケットを受け取る。指示に従い、前の家族連れと少し間隔を空け、いざ洞窟の入り口をくぐった。

足を踏み入れた途端、さっきまで六月の日差しに温められていた皮膚の温度が、一瞬で冷気に吸い込まれていく。首筋に滲んでいた汗が空気に触れる。背筋をつぅっとひんやりしたものが撫でる。

「うわあ、ぞくぞくしますねえ」

唯ちゃんが大袈裟に肌を震わせ、ポニーテールを揺らしながらきゃっきゃと声をあげた。入り口の説明には、中の気温は15度前後と書いてあったけれど、地上の光が届かない、ランプの明かりだけが頼りの地底では、体感的にはもうあと5度くらい低い気がする。

三人縦になり、狭いトンネルを水たまりに気をつけながら進んでいく。ぬらりと光る白い石灰岩の岩壁に囲まれ、青いランプの光が幻想的に暗闇を照らしている。天井から伸びている、鋭く尖った白い石灰岩のつららが、脳天を直撃してこないのだろうかと時折頭上が気になってしまう。

「なんか、探検家になったみたい」

後ろから、村瀬さんが可笑しそうにそう言った。ふぅふぅと呼吸を整える音もする。まだ洞窟序盤にもかかわらず、急な坂道にぶつかったり、岩壁をはしごを使って登ったりと、想像以上に息の荒ぶるルートだ。

「うん、なかなか、アクティブな、トンネルやね……っ」

そう振り返ると、「ね」と村瀬さんがにこりと微笑んだ。その瞬間、村瀬さんの叫び声が響いた。

「うわぁっ」

村瀬さんの体がぐらりと傾く。足を踏み外してしまったようで、転倒しそうになる彼女に、私は大慌てで手を伸ばした。

「へぇ⁉ 大丈夫ですか⁉」唯ちゃんのかん高い声が洞内に轟《とどろ》く。

「ごめんね心音ちゃん。ありがとう」

勢い余って抱き寄せた胸の中で、村瀬さんがふふふと笑った。私は百人一首でお手つきをした選手のごとく、ハッと手を離す。友達、と遊んだり触れ合ったりするなどあまりに久々すぎて、何にしても力が入りすぎてしまう。

「う、ううん、強く引きすぎちゃって……、」

「助かったよ。お気に入りのジーンズ汚すところやった」

村瀬さんが、ふんわりと私を抱きしめた。首の後ろから、ほのかにあのいい香りがして、へんにそわそわしてしまう。

同時に、あ、と思った。彼女の襟ぐりの広いトップスの隙間から、背中に小さな羽根のタトゥーが入っているのが見えた。

どきりとして、じっと目が離せずにいる私に、村瀬さんは微笑んだ。

「恋人とおそろいなの」

耳元で、彼女は悪戯好きの天使のように囁《ささや》いた。

「あっ、この先、滝ありますよ！」

先頭の唯ちゃんが叫んでいる。

「行こう」

村瀬さんが私の背を軽く叩き、私はどきどきした余韻を残したままさらに奥へと歩を進めた。

高さ六メートルほどある岩壁の隙間から、澄んだ湧水があふれ出て、大きな滝を作っていた。この鍾乳洞の生命力を表すような水の勢いと神聖な空気に、三人とも「ほぉ」と息を漏らしながらしばらく見惚れた。

それからさらに深層に潜り、金色に見える水流や、地蔵のような造形をした岩山など、次々と現れる天然の神秘に触れた。

洞窟の出口をくぐり出ると、六月の気候がぶわっとふたたび迫ってきた。出口の先は森の中を切り開いたような遊歩道に繋がっていて、太陽と植物の濃い気配を皮膚で感じた。

「きれいでしたねぇ。唯、実は初めて来たんですけど、しみじみ見入っちゃいました」

「うん、す、すごかった……！　洞窟全体に、水が通っとって、海とは違う、神聖さがあった……」

自分の頬が高くなっているのを感じる。不思議な夢の中にいたような浮遊感がまだ心を揺らしている。

「ふふ、良かった。私も楽しかったな」

風が吹き、村瀬さんの髪が揺れた。白いうなじがちらりと見える。さっきのタトゥーの残像が目の裏をよぎる。

「この先でラムネ売っとるんよ。飲みたくない？」

村瀬さんが目くばせをした。賛成ー！　と唯ちゃんが元気に挙手をする。私も遅れて胸のあたりで手を小さく挙げ、先の休憩スペースでひと休みすることになった。

私たちは木製のテーブルセットに丸くなって座り、冷たいラムネを味わった。カラン、とラムネのビー玉が、口をつけるたびに音を立てる。夏祭りを思い出させる昔懐かしい響きだ。

「これね、ヘナタトゥーなの」

突然、村瀬さんが自分の背中を指差し、私たちに言った。

「へ？　うみ先輩、何の話ですか？」

「恋人の話」

恋人、というさらりとした響きが、よけいに生々しい温度をもって耳に届く。村瀬さんは、「彼氏」よりも「恋人」という言い方が似合う人だ。

「わ、あの大学生の彼氏さんですね」

「だ、大学生……っ！」

私は思わず素っ頓狂な声を発してしまった。村瀬さんが、ラムネの瓶に唇を押しつけたまま、きゅっと口の端を上げる。

ピンク色のグロスがつやりと光る彼女の唇が、そっと開いた。

「うん。年上の幼なじみっていうんかな。ずっと知っとる人で、ずっと尊敬しとる人。今年から遠距離になって。私、ずっと彼と同じタトゥーを入れたくて。何かに縛られたかった。そうじゃないと、時々ひどく不安になるんよ。でも、本物はまだダメだって。代わりにヘナ、っていう時間が経てば消えちゃうやつを入れてもらった。それでも、すごく嬉しかった」

村瀬さんはとても美しく笑った。それはどこか儚くも思えた。彼女は時折ぼんやりとおぼろげな横顔を見せる。あの瞳の奥にはいつも、こわいくらい大切に想っている人を映していたのだろうか。私と唯ちゃんは、お互いに息をつめて真剣に、村瀬さんの話を聞いていた。

「ひゃあ〜。うみ先輩の話はいつもどきどきしますぅ」

唯ちゃんの頬が朱色に染まっているのは、チークのせいだけじゃないはずだ。こんなにもリアリティを伴う恋愛事情を聞かせてもらうのは初めてで、もっとも脈を速めているのは私かもしれない。

私はラムネを一気に飲み干した。手のひらの中で少しぬるくなった炭酸が、ごくごくと喉を鳴らし、火照った胸に注がれていく。

「む、村瀬さんが、そこまで憂うことのできる人って、ものすごく、み、魅力というか、引力のある人、なんやろうね……」

ふぅ、と呼吸を整えてから、私はぼそぼそと言った。よけいだっただろうか、と言葉をこぼしたそばから不安が押し寄せてくる。友達、というものの距離感が、私にはさっぱり分からないのだった。自分のひとつひとつの言動を正しいのかどうか疑ってしまう。そもそも友達というか、バンドメンバー、という関係が正しいのか。友達とは異なるのか。だめだ、ぐるぐるぐるぐるひとり問答が止まない。

「ふふ、ありがとう。ね、心音ちゃん」

村瀬さんが言った。

「私も、唯ちゃんを呼ぶみたいに、下の名前で呼んでほしいな」

目を細めた彼女のまぶたに、木々の隙間から差し込む陽光が透ける。

「友達やもん」

瞬間、脳内で忙しなく駆け巡っていたものがぴたりと動きをとめた。息継ぎをするみたいに、ハッと顔を持ち上げる。

ふたりがこちらを見ていた。

「……ありがとう。うみ、ちゃん」

初めて呼んだ名前は、少しぎこちない響きを伴っていたかもしれない。

うみちゃん、と私は口の中でもう一度呟いた。今度は、はっきりと呼べるように。


それからふたりの案内のもと、小高い山を道に沿って登り、潮野の海と山々を見渡せる展望所へと足を運んだ。山道は新緑の青々しさが透明な空気にしっとり溶け込んでいて、光を浴びた木々がきらきら揺れている。鍾乳洞同様、せっせと傾斜を登っていると次第に首筋が汗ばんでくる。もといた町も田舎のほうではあったものの、こんな風に自然の中を歩き回るのは初めてのことだった。登ったり歩いたりするたびに身体的な弱小さを実感させられる。けれどそのたび、息を切らし合いながらも疲れを友達と共有できる喜びが、私の胸を密かに熱くさせた。

頂上まで辿り着くと、燦々《さんさん》と光を注ぐ太陽との距離がいっそう近くなった。果てしなく広がる海は向こう岸の島々までくっきりと見えた。

「春は桜がすっごくきれいなんですよ」

唯ちゃんが空に向かってまっすぐ伸びをしながら言った。山頂の風が三人の髪をやわらかくなびかせる。木々の葉も生き物のようにさわさわと揺れている。気持ちよくて、肺いっぱいに空気を吸い込んでみた。

「……ふぅ」

新鮮なものが体に取り込まれ、心の芯から洗われるような爽快さがあった。夏のはじまりを告げる、真新しい匂いがした。

「あ、あの……私、引っ越してから、うちの周りくらいしか、この町のこと、知らんくて……すごく、嬉しいです。ありがとう、唯ちゃん、うみちゃん」

相変わらずたどたどしいし、声は小さいしつっかえがちだけど、でも、きちんと言葉にして、伝えたかった。

ちょうど、淡い陽光が彼女たちを照らしていた。ふたりとも照れ臭そうにむふふと笑っていた。それは悠久の美しい自然ととても似合っていて、私の心の敏感な部分をつんと突いた。

私たちはまたふぅふぅと山を下り、近くの喫茶店に入った。白い壁は赤茶けていて、扉を押し開けるとカラン、と昔ながらのカウベルが私たちを迎えてくれた。古いというより、レトロという言葉がぴたりとくる店だ。

「ここのみかんパフェ、すっごく美味しいんよ」

うみちゃんが手書きのメニュー表を指して言った。みかんは潮野の名産物のひとつで、スーパーや道の駅には、みかんを使った潮野オリジナルの特産品が数多《あまた》並べられている。

私たちはみんなみかんパフェを注文した。お冷やのコップを回し、グラスの中の氷をくるくると弄《もてあそ》びながら、パフェがくるまでおしゃべりをする。

「心音先輩って、彼氏おるんですか?」

お冷やを飲むついでみたいな軽い調子で、唯ちゃんが言った。私はいきなりの質問に驚いて、水でむせそうになったけど、かろうじて耐える。

「……っ、おらんよ」

「へぇ、そっかあ。唯、先輩が使ってるあのギター、もしかすると彼氏さんから貰ったものなんやないかって、ちょっとどきどきしとりました」

唯ちゃんが漫画みたいに舌をぺろりとする。彼女は、こういう仕草をものすごく自然に見せる。

「な、なんで……?」

「えっと、前に一度、心音先輩と千景先輩がギターと譜面持ち寄って、話し合っとったやないですか。高橋先輩の家で。その時の心音先輩、ギターをすごく愛おしそうに抱きしめるもんやから。いや楽器を丁寧に扱うのは当たり前なんですけど、なんか慈しんでるというか、そんな感じがして」

「あぁ、それは私も思ったかも」

うみちゃんが頬杖をつきながら、もう一方の手の指先でグラスの水滴を拭う。光の雫《しずく》がうみちゃんの指先からしたたり、やがておしぼりに吸い込まれていく。

「だから唯、勝手に妄想しちゃってました」

「えっと……、」

私が言葉を探している間に、オレンジ色の小ぶりなパフェが運ばれてきた。「わあ」「きれい」「すごい」と短い歓声が湧く。

「あ、えっと、」

私はパフェスプーンでみかんのアイスクリームをつつきながら、ぽつぽつと話を続けた。

「お母さんのギター、なんよ……形見、みたいなもんで」

「ほう、なるほどね。そっか、形見か。だから私たちの目にもあんなに大切そうに映るんやね」

「たしかに。唯、心音先輩の、祈るようなギターの弾き方、すごくいいと思います」

祈る、という言葉を胸の内で繰り返す。きっとそうなのだと思う。私はずっと祈り続けているのかもしれない。ギターを鳴らすこと、歌うことは、母を尊ぶことでもあり、また透明な自分の存在をたしかに証明することでもある気がする。

「ところで、唯ちゃんは気になる人くらいできたん？」

パフェに刺さったビスケットで生クリームを掬《すく》い取りながら、うみちゃんがにやりとした。

「いやあー、唯は依然としてさっぱりないですねぇ」

唯ちゃんがコーンフレークの部分をテンポよく口に運びながら、あっさりと言った。

「もちろん興味はありますけど、今は先輩たちとバンドやったり、バイトして貯めたお金で服買ったり、そんなことに夢中ですねぇ。来週の音合わせも楽しみです」

「そっか。唯ちゃんは多趣味やから、忙しいんやねぇ」

えへへ、と唯ちゃん特有の無邪気さでまた舌をぺろりとした。そしてこの時ようやく、自分が今〝恋バナ〟をしているのだということを自覚して、急に心臓がくすぐったくなった。

空の青に朱色が滲みはじめた頃、私たちはふたたびバスに揺られて帰り道を辿った。車窓に映る三人ぶんの横顔が、西へ沈んでいく夕日に透けて、甘いオレンジ色に染まっている。

「心音ちゃん、今日いろいろ話せてよかったわ」

うみちゃんの、あたたかいはちみつのような声が、頭の隅のほうでとろりと響いた気がした。いい映画を見ている時に似た淡いまどろみに包まれる。私は「うん」と、返事をしたのかしていないのか判然としない意識のまま、まったりとした眠気に身を委ねていった。

＊

いよいよはじめての音合わせ。

終礼後、私は教室の端にひっそり立てかけていたギターケースを、さっと背負った。アコギとエレキの二本ぶんの重みがずっしりと背中に迫ってくる。けれど、踏み出した足はどこか軽やかだった。ここまで毎日自主練してきた。コードも歌詞もほとんど覚えてしまったくらいに。私は縮こまりがちな背筋を意識して伸ばし、放課後の教室を出た。

下駄箱でうみちゃんと合流した。楽器を持ち歩く日は晴天に限るね、などと他愛のないことを話しながら高橋くん家へ向かう。

ピンポーン、とインターフォンを鳴らすと、すぐに玄関の扉が開いた。

「おつかれ。全員揃ったな」

高橋くんが迎えてくれる。すでに他の三人の靴が並んでいて、私たちが最後だったみたいだ。いつもの和室にスクールバッグを下ろしていると、「うし、早々にやってみるか」と瀬戸くんがケースからギターを取り出し、うずうずとした様子で仮スタジオのほうへ向かっていく。

「はいはい」

「やれやれ」

と呆れた声をこぼしながら、しかしみんな内心わくわくした輝きを顔にたたえ、彼のあとについていった。私はまだ少し顔が強張っていて、丸めた手でぐにぐにと頬をほぐして彼らに続く。

楽器を手に、それぞれが定位置に着く。ボーカルの立ち位置はセンター。私は機材とマイクスタンドを真ん中に運び、ギターをアンプに繋ぐとチューニングをはじめた。みんなも同じようにサウンドをチェックしている。

「あっ……」

こぼれた声は、みんなのかき鳴らす音に埋もれ、私の中だけで響いた。ピックが、指の隙間からすり抜け、はらりと床に落ちた。拾う指先が、震えていた。私はぎゅっと固く握り直し、ギターの音を整える。それが終われば今度はマイク。声がマイクに入っているか、ボリュームは適切か確認する。ボリュームに関しては、バンドの音が合わさらないと調整できないのでひとまずだいたいでよい。と、私はだんだん迫ってくる重苦しいかたまりから逃げるように、一心不乱にチェックをこなした。嫌な感覚だ。脳を巡るいくつもの細い筋が、極限まで引っ張られて今にも切れそうな状態。頭が真っ白にトぶ1秒前と似ている。

でも、大丈夫、きっともう大丈夫、と私は俯いたまま何度も心の中で唱えた。

「じゃ、とりあえず一曲やってみよか」

音が聞こえたのは、ここまでだった。瀬戸くんのひと声で、すべての音が止み一瞬の静寂が生まれた。

目の前の光景が、スマホをスワイプしたみたいにぶわんと変わり、鼓膜の奥では聞こえてくるはずのないピアノの音が鳴りはじめた。

中学校の、音楽室だった。

先生の鋭い視線、白い蛍光灯、赤い上履き。

私は息を吸った。ひゅっ、と浅い呼吸音がした。体の奥底が震えている。私はそれが皮膚にまで届かないようにぐっと無鉄砲に力を込めた。胃が軋むように痛い。何かが喉元をぎゅっと押さえつける。

声が、出なかった。


一番のサビが終わるとともに徐々にみんなの手が止まり、見合わせるようにして演奏はストップした。

しんとした気まずい沈黙が覆いかぶさってきて、顔を上げられない。四人の視線が痛いくらいに刺さる。

浮かれていた。私にはやっぱり無理なのだ。でもどうして。この間はできたのに。怒りにも悔しさにも失望にも似た様々な思いが体じゅうをひっかき、涙の導火線をじりじりと燃やしていく。

「……心音ちゃん、大丈夫？」

「心音先輩、もしかして、体調悪かったですか……？」

私は俯いたままかぶりを振る。みんなの顔を見るのがこわい。頭の中にはあの音楽室での光景が流れている。冷たい目。くっきりと残る過去の痕跡が網膜に焼き付いていて、現在をうまく見つめられない。

「……あ、えっと、その」

「えっ、なんて言いました？」

唯ちゃんの何気ない一言にびくっと体が強張る。こわい。誰かに呆れられたり、失望されたり、がっかりされるのが、こわい。

「ご、ごめんな……さ、」

自分勝手すぎると思いながらも、私は俯いたまま仮スタジオを去ろうとした。限界寸前だった。ギターをぶら下げたまま逃げようと床を蹴った時だった。

「水原さん」

瀬戸くんの声が、背中を伝って耳に届く。瀬戸くんの、穏やかでいて直接人の心に触れてくるような、まっすぐでふくらみのある声。その声に、足が止まる。

「水原さん」

そう、もう一度同じトーンで私の名前を呼ぶ。私はどうしてか彼の声を聞くと不可抗力的に振り返ってしまうのだった。

すると瀬戸くんはなぜか、めちゃくちゃ白目を剝いていた。

「えっ」

私は呆気にとられてしまい、ほとんど反応ができなかった。仮スタジオは依然としてしんとしている。

「……はは、これやったらたいていウケるんやけど……」

黒目を取り戻した瀬戸くんが、太陽を丸ごと飲み込んだみたいに顔を赤くする。

「っ、くふ……」

そんなに恥ずかしかったんだ、と私は思わず地味な笑い声を漏らしてしまった。

すると彼も反射するように顔を綻《ほころ》ばせた。この時、自分の中で繰り返し流れていたあの映像がストップしたことに、気づいた。

そして、もうひとつ気づいた。

瀬戸くんの、そのあまりにも信頼に満ちた屈託のない笑い顔と、中性的な柔らかな目元。

ずっと感じていた懐かしさの正体。

彼の笑顔は、写真の中の母の笑顔と似ていた。

だから、おそらく、私は歌えたのだ。

逃げ出そうとしたつま先を、私はもう一度みんなのほうに向け、唇を開いた。

「……ごめん……もう一回、やらせて、ください……っ」

私はみんなに向かって120度腰を曲げてきっちり頭を下げた。みんなの返事を聞くより先に勢いよく頭を上げると、うみちゃんも唯ちゃんも高橋くんも、楽器に手を添え準備してくれていた。みんなが「ＯＫ」の表情をくれる。

高橋くんがシンバルでカウントを叩き、はじまりの合図が鳴る。

私は、瀬戸くんを見た。

彼は様子をたしかめるように全体を見渡し、そのぐるりと泳いだ視線は最後に私に到着した。目が合う。瀬戸くんが力強く微笑む。

歌がはじまる０・５秒前、確信した。

私、彼の笑顔をそばで感じると、歌えるんだ。すぅっとブレスをする。深く吸えた。体がい い状態である証拠だ。

私は、お腹の底から声を響かせ、叫んだ。


歌い終えた時、はらりと一粒涙がこぼれ落ちた。けれどあまりに自然に眼球から滑っていったものだから、私ははじめ気づかなかった。

「わ、心音ちゃん！」

うみちゃんの慌てた声を聞いて、ようやく頬が濡れていることに気づく。涙の導火線は今頃爆発させてしまったらしい。困ったことに、一度あふれたら止まらなくなってしまった。

「……あのっ」

私は涙でべちゃべちゃになった顔のまま、一緒にあふれ出てくる言葉をひとつひとつ、声にした。

「わ、私、声は、小さいし、言葉もつっかえるし……歌も、さっきみたいに、急に歌えんくなったりするかもしれんけど、でも、絶対迷惑かけんよう、努力するけん……歌わせてほしい」

しゃくりあげながらも一生懸命口にし、ふたたび頭を深く下げた。すると、肩、腕、背中、のあたりを次から次にはたかれる。手の甲で目元を拭いながら顔を上げると、みんながにやにやと笑っていた。

「当たり前やろ」

瀬戸くんが懐かしい笑い顔で、さらりと言った。

左胸のあたりが、熱く震えた。


それから2時間ばかりカバー曲の練習をして、初日の音合わせを終えた。限られた時間の中で全ての曲はできなくて、過去にみんなが披露したことのある二曲をやった。二曲ともかなり演奏の基盤が固まっていて、私は緊張と平常心の狭間で、とにかく必死にみんなに付いていった。そのうちだんだん、楽しさが緊張を追い越していくのが分かった。今までずっとひとりで歌ってきたぶん、生バンドの音が重なり合う世界の真ん中で歌うことに、感激していた。ギターをかき鳴らし、精一杯歌い切った。スタジオには乾いた埃《ほこり》っぽい匂いと汗の匂いが充満していったけど、それを浴びるのが不思議と心地よかった。

家に帰り、昨日の肉じゃがをカレーに作り替える。父の帰宅を待って、一緒に食べた。食べながら、今日のことを報告する。

「へぇ、今日バンドで合わせたとか」

「うん。六月のバンド練習は週一のペース。毎週金曜の放課後になっとる。本番近くなるにつれて、練習も増えると思う」

「おう、頑張り。なあ、父さんにも聴かしてや」

父が、ほくほくとじゃがいもを頬に含みながら楽しげに言う。少し気恥ずかしかったけど、素直に頷いた。

一緒に夕飯の後片付けを終わらせて、弾き語ってみせる。母のアコギの爽やかな音色が、食後のまどろむような空気の中でいきいきと響く。


「うまくなったもんやなぁ」

父がぽつりと落とした言葉は、星がこぼれ落ちる音のごとく私の中で美しく響いた。それをそっと胸に納め、「ありがと」と照れを隠すようにぶっきらぼうに返した。

私は自分の部屋で楽譜を広げた。今日やったぶんの復習。歌詞の滑舌が悪かったところは赤で印をつける。バラバラといくつもの譜面を散らばらせたまま、棚に飾っている写真立てに目をやった。フレームの中の父と母が、私に笑いかける。

瀬戸くんと母の笑い顔が似ている、というのは、顔の造形とかではないのだ。自分でもうまく説明できないけど、ふたりとも、相手を自然とほっとさせるような、信頼に満ちた笑い方をする。

私は、楽譜とギターに埋もれるようにして、そのまま深い眠りに落ちていった。

＊

その日は抜けるほど青い晴天だった。四限の授業は午前中の締め括り、かつお昼前の空腹感も相まって、ちょうど集中力が切れかかる頃だ。

けれどこの音楽の授業に限っては、毎週すっきりした気持ちで受けている。

きっと雨宮《あまみや》先生の声がいいからだ、と私は密かに推し測っていた。透明感、と表される声そのものの持ち主で、彼女がお手本として聴かせてくれる歌声は繊細にきらめいている。けれど細いのではなく、ふくよかな音色として広く教室内に響き渡る。その心地よさがかえって眠気を誘う、と唯ちゃんはぼやいたけれど、私はその美声にいつもすっかり聴き入ってしまう。

それに、雨宮先生は授業の途中で雑談というか、雑学のようなものをたびたび織り込む。その話題の豊かさにも私は興味をひかれていた。私は音楽の授業が好きだった。

「それにしても、今日はよう晴れとる。サイダーブルーやね」

雨宮先生が窓を開け放して言った。白いカーテンがふわりと膨らむ。正午前のなまあたたかい風が教室内に迷い込んできて、生徒たちの髪を揺らす。それにしても、サイダーブルーだなんて面白い表現をする人だ。

「見て、月も出とる」

私のすぐ後ろの女生徒が弾むように言った。雨宮先生がこちらを見た。私越しに後ろの生徒を見たのだろう。けれどしっかり先生と目が合う形になってしまい、私はぱちくりと瞬きをした。雨宮先生が微笑む。

「真昼に、どうして月が見えるのか知っとる？」

雨宮先生が、口の端をきれいに上げたまま、いつもの淡々とした調子で話しはじめた。

「電気がまだ通ってなかった時代、昔の人は月明かりを頼りに夜を過ごしとったくらい、月は明るいのね。それにね、月は太陽の光を反射して輝いとるから、実は夜だけじゃなくて、つねに輝き続けとるんよ」

「へぇ」というように頷く生徒の後頭部がちらほら見える。

その話に、ん、と何か鈍いものが胸をかすめた。

「日中は、太陽の光が散乱して、月の光を打ち消しとる場合もあるけど、月の位置とか、天気によっては、こうやって時々空の明るさを追い越して、浮かび上がってくるんよ。白く見えるのは、月の黄色い光と、空の青い光が混ざって、白色を生み出しとるの。補色の関係やからね」

雨宮先生は流暢《りゅうちょう》に話を続ける。初めて人に説明する話ぶりではないと思った。他の授業でも、話したことがあるのかもしれない。

「さ、じゃあ最後に歌って、授業を終わりましょうか」

先生が窓をそっと閉めた。柔らかく波打っていたカーテンが徐々に動きを失っていく。

『なんか白い月に愛着湧かん？　空の明るさに負けじと懸命に輝いとるっていうか』

私はあの時の瀬戸くんの横顔を思い返していた。

先生がグランドピアノで前奏を奏でる。窓際のカーテンは先生に従うように動きを止めている。

窓辺の花瓶にふと目が止まった。この花瓶には毎週違う花が一輪挿されている。その風景に、私は初めて目を凝らした。

今そこには、青い花が、窓から差し込む陽光を透かし、美しく咲いていた。

教室に戻ると、私は席につくや否や一目散にスマホを取り、ネットの検索窓に指を滑らせた。

ヒットした画像と、さっきのものはぴったりと一致した。

左胸のあたりが少し軋んで、痛い気がした。

あの花は、アヤメだった。

4

「お父さん、映画観たい」

夕食を終えると、私は父の部屋の木棚から『つぐない』を抜き取った。ジョー・ライト監督の作品はどれも胸を震わされる。中でも『つぐない』はとくに切なく美しくて、好きな映画だ。リビングの明かりを間接照明ひとつだけにして、デッキにDVDをセットする。父もソファに深く腰掛け、画面を見ている。

好きな映画の世界の中に飛び込み、ただ好きな物語に没頭しようと思った。

雨宮先生の白い月の話を聞いて以来、なんだかずっともやもやしたものが内臓を駆け巡っている。何をしていても落ち着かない。

そしてようやく私は自覚するのだった。

私は、瀬戸くんに恋をしていた。

いつ、どうして好きになったのか、と問われても、うまく答えられない。もうずっとはじめから救われていた気もするし、ずっとあの笑い顔に惹かれていたのかもしれない。けれどこの胸の中で発酵する甘酸っぱい匂いが、恋心だということに、すぐに気づけなかった。いや半分気づかないふりをしていたのかもしれない。だって、これは私の初恋だったから。

『心音先輩、ayame. ってバンド名の由来、気になりませんか?』

『ふふ、なんや千景先輩の初恋に由来するんやって言っとりました。アヤメってお花に起因しとるとか』

いつかの受け流したはずの唯ちゃんの言葉が、今になって鮮烈なメロディのように押し迫ってくる。

いや、雨宮先生がアヤメを飾っていたからといって、瀬戸くんが『受け売りなんやけど』と嬉々として語ったエピソードと授業中の話が全く同じだったからといって、先生が瀬戸くんと関係していると決まったわけではない、はずだ。それに先週、音楽室に飾られていたのは違う花ではなかったか。

そもそもあれは本当にアヤメなのか？　私は教室で、「アヤメ　花　似てる」と何度もしつこく検索した。似ている花は出てくる。だからといって胸の苦いものが拭われることはなかった。

映画の中のサウンドがいっそう大きくなり、ハッと顔を上げる。彼と先生に関する堂々巡りを断つために映画をつけたのに、またこの渦の中にいた。

『つぐない』は、一九三五年のイングランドを舞台に物語がはじまる。ある出来事によって引き裂かれてしまう男女の愛と運命を描いた作品だ。私は時々思い出したようにこの映画を観ては、終盤の切ない事実に胸を打たれる。

ふと、女優の横顔に目を奪われた。二十代前半であろうキーラ・ナイトレイは、役柄も相まってか清潔な色香がある。その憂いを帯びた表情は、どこか雨宮先生を彷彿させた。先生は、暗いとは異なる、たとえば憂鬱とか、そういうちょっと疲れたものが映える人だと思う。美人の翳りってどうして魅力的に感じるのだろう。キーラが劇中で、大人びた表情とは一転、あどけない少女のような横顔で、運命の相手とキスをする。そしてふたりはますます情熱を帯びていく。

子供じみた妄想だと自覚しながらも、それがどうも瀬戸くんの横顔と重なってしまうのだった。

「お父さん、ごめん」

「ん？」

「やっぱりもう眠いけん、お風呂入って寝る」

そう呟きソファを立った。父はテレビ画面に集中している。私はカーペットを蹴っ飛ばすようにして、リビングを出た。

＊

週末、二度目のバンド練習が訪れた。今日は、先週できなかった残りのカバー曲を練習する予定となっている。

「この曲、原曲に鍵盤入ってないので、自分なりに邪魔にならないようなフレーズ弾いてるんですけど、どうでしょう⁇」

「イントロのギター、リフ二パターン考えてるんやけど、どっちがいいか聴いてくれん？」

「ベース、ちょっと動き派手すぎたかな。もう少し手数減らすね」

「この曲、気持ちが逸ってドラム走りそうになるな、気をつける わ」

「ご、ごめん、歌詞を、間違えました……」

　合わせてはみんなで確認し合い、また演奏する。歌うたびに曲の情景が豊かになっていくのを肌で感じる。マイクを握る手にもぐっと気持ちがこもる。

　演奏がはじまると、私はいつも瀬戸くんを横目で見た。彼は必ず私を、というよりバンド全体を見ていて、必然的に目が合った。瀬戸くんは絶対に笑みをくれる。すると声がぐっと喉元を駆け上がってくるのだった。

　バンドの中で歌っていると、雨宮先生のことなど夢の中の出来事だったかのように、まるで現実の外に追いやられてしまうから不思議だ。

　それにだんだん、私はayame.の由来となった人が誰であろうと、結局のところ関係ないと思うようになっていた。それは、ゆるがない彼への想い、みたいな高尚なものじゃなくて、私は彼という〝光〟に触れられるだけで、どこか満たされていくようなところがあった。「そばにいられるだけでいい」、なんて陳腐な言い回しだとばかり思っていたけど、私はまるきり額面通りの心情で、瀬戸くんを想っていた。

　でも、この気持ちを届けるわけにはいかないのだ。私は今のバンドの雰囲気がすごく好きだった。たとえ勇気を出して伝えたとして、その返事がどうであろうと、きっといろんなことに変化をきたしてしまうと思う。今のままで、とは決していかないだろう。

「あのー、オリジナル曲な、歌詞はまだないんやけど、曲は最後まで書けた。ちょっと聴いてもらいたいんやけど、いい？」

　カバー曲の練習を終えて休憩していた私たちに、瀬戸くんが訊いてきた。「よ」とか「ひゅう」とかみんなにひと通り囃《はや》し立てられる。みんなにといっても、主に唯ちゃんと高橋くんだけど。

「テンポはだいたい180くらい」

そう言って瀬戸くんは抱きしめるようにしてギターを抱え、あの海で聴かせてくれた曲を、ふたたび紡ぎあげた。

あ、やっぱり歌からはじまるんだ、と出だしを聴いて思った。歌はじまりって、ボーカルとしては緊張感があるけど、この曲のみずみずしい衝動感により情緒が増す感じがして、好きだった。聴きながら、思わずうんうんと頷いてしまう。サビは、前回聴かせてもらったものよりもさらにキャッチーで盛り上がりそうなメロディが織り込まれている。それによって、ラストにかけての展開もよりエモーショナルになっていた。

「いい」

「いい」

「いい」

「……いいっ」

私たちはぽつりぽつりと、雨粒が落ちるみたいに口々に呟いた。本当にすてきなものを見たり、聴いたりした時の、ちょっとすぐに言葉が出てこないような、そんな余韻を嚙み締めていたのだと思う。

「えっ、反応薄、めちゃくちゃ不安になるんやけど」

と瀬戸くんが本気で心配そうな顔をする。高橋くんがふっと笑みをこぼす。

「いや、すごくいいもんやから。僕、千景の書いた曲で一番好きかも。うわ、今すぐセッションして作り込みたいなぁ。そしたらきっと日付変わってしまうけど」

高橋くんが興奮しているのが口ぶりで分かる。私も全く同じ気持ちだった。しかし外はすっかり夕日が落ちて、夜の気配が濃くなりかけていた。

「私も、この熱を冷ましたくないいな。できるだけ早く集まれんかな?」

「あっ、唯も大賛成です」

「さっきの沈黙は良いほうのやつってことでいいんやな? はぁ、ひと安心したわ。ちなみに俺は日曜の午前中から昼すぎくらいまではいける」

「僕もその時間、大丈夫」

「私も」

「唯もです!」

「わ、私もっ」

「んじゃ決まりやな。日曜、おおまかなアレンジをするとして、今日は解散しますか。あとでさっきの曲のコード譜、写メ撮ってみんなに送るわ」

スタジオ内に興奮が膨れあがっていく中、「ぐう」と犬の唸り声みたいな音がした。「あ、腹鳴った」と瀬戸くんがけらけら笑う。私も胃が悲鳴をあげるくらいお腹がぺこぺこで、同調するように笑った。

日曜の空は、灰色のうろこ雲が太陽を覆い隠していた。梅雨前線の接近に伴い、晴天続きの天気にも終わりが見えはじめていた。

約束の時間にインターフォンを押すと、おばあちゃんが出迎えてくれた。

「お、お邪魔します」

お辞儀をすると、いつものようににこにこと招いてくれる。

「……あの、朝から、」

「えぇ、なんだって？」

おばあちゃんが柔らかい表情のまま首を傾《かし》げた。私は声のボリュームを一段階引き上げる。

「朝からっ、お借りさせてもらって、ありがとうございます……！」

今度はきちんと届けられたみたいで、おばあちゃんが「まぁ」と目尻を下げた。

「いいんよ。おじいちゃんもおらんくなって、ひとりで暮らしとると、こうして時々家の中が賑《にぎ》やかになるんが嬉しかったりするもんなの。それに、あんたらが気にしとるほど音も気にならんよ。私の耳、すっかり遠いけんねぇ」

おばあちゃんがお茶目なウィンクをして見せた。

「あ、ありがとうございますっ、頑張ります……！」

私は不自然なくらい大きな声でお礼を伝えると、おばあちゃんはひらりと手を掲げて、奥の部屋へと去っていった。

仮スタジオから、ギターの音と話し声が聞こえてきた。入ると、瀬戸くんと高橋くんがいた。

「おす、水原さん。なんかそわそわして一足先に来てしまったわ」

「千景、早めに着くなら連絡してや。僕が来てなかったらどうしてたわけ？」

「ばあちゃんの手伝いしとったかな」

「お前、あほなんかいいやつなんか分からんなぁ」

「あほではないやろ！」

この幼なじみふたりは、ふたりの間にしか生まれ得ない和やかな親密さがある。瀬戸くんと高橋くんの軽口の叩き合いが私は結構好きだ。

ほどなくして唯ちゃん、うみちゃんも集まり、私たちは楽器を手にした。

「わっ心音先輩、今日のお洋服、なんか大人っぽいですね！」

と、唯ちゃんに言われ、私は今日初めて自分の服をまじまじと見た。

何を着て行こうかなんて、全く意識していなかった。クローゼットの中から、なんとはなしに手に取ったつもりだった。

けれど無意識に、私は、普段は着ないような、まさにデートコーデと言っても差し支えない感じの、レースのワンピースを選んで着ていた。

指摘されて初めて気づき、体が発火した。必死に体温を鎮めようとするけど、みるみる首より上の色が変わっていくのが分かる。

「あ、えっと、へ、へへ……」

恥ずかしすぎる。こんな、明らかに気合いの入った格好を、なんの躊躇もなくしてきた自分に今さら驚く。鏡も見てきたはずなのに。いつもつけないリップをつけるために。恋、というものは恐ろしい。注意深いはずの私の脳を、時々バグらせてしまう。

「心音先輩、このあいだ遊んだ時みたいなカジュアルな服も似合いますけど、こういうドレッシーなんもいいですね！」

「えっ遊んだん？　俺らも誘ってよ」

「千景先輩どうせバイトやろうなーと思って」

「おう、妥当やな」

唯ちゃんと瀬戸くんの軽快な会話を、私は頬の火照りがバレないよう、俯いたまま聞いていた。

「でもそのワンピース、よう似合っとるよ」

瀬戸くんが、いつもの調子でさらりと言う。その言葉が嬉しすぎて、私は下げていた顔を持ち上げた。頬はすっかり燃えたぎってしまったけど、その一言で、先ほどまでの恥ずかしさは簡単に頭の中からすっ飛んでいった。

「じゃ、時間も限られとるし、早速やろか」

私はニヤけるのを抑えるため、ぐっと前歯で唇を噛みながら頷いた。

昨日、瀬戸くんがギターを弾きながら鼻歌を口ずさんでいるボイスメモを、グループチャットに送ってくれた。その音源とコード譜をもとに、それぞれなんとなくの編曲プランを立ててきた。今日は実際に演奏しながらみんなで意見を擦り合わせ、曲を完成形に近づけていく。

「じゃあまず玄弥と水原さんと俺で合わせてみよ。歌詞はまだやけん、ひとまず俺が鼻歌で歌メロなぞる」

高橋くんがドラムスティックをくるりと回す。曲の作り方として、瀬戸くんのギターにひとつずつ楽器を足していき、アレンジを詰めていくらしい。最初はギターとドラム。それが固まれば、次はギターとドラムとベース。そしてキーボードが加わっていく。

よって私、瀬戸くん、高橋くんでまず演奏をはじめる。ドラムパターンはいくつかあるけど、それによって曲想が決まってくる。高橋くんのシンプルでノリのいい四つ打ちのリズムがぴったりハマって気持ちいい。このふたりは、私たちが集まるより早くに練り上げていたからか、キメの部分も完璧だ。高橋くんのドラムはシステマティックで主張の強いタイプではないけれど、時折見せる自由度の高い奔放なプレイがかっこよく、バランス感覚がすごくいいと思う。

「うん。なんとなくベースのイメージも固まってきた」

ふたりの演奏を聴き、うみちゃんが呟いた。

「三人がオッケーやったら、私も入ってみていい？」

今度はうみちゃんが加わり、同じように確認していく。ドラムとベースがかちりとハマる。全然音がぶつからない。リズム隊が入るだけで曲の厚みが一気に変わる。うみちゃんは落ち着いたおしゃれな奏法が得意だ。ベースが速弾きに差しかかる。うみちゃんは速弾きが苦手らしくよく練習しているところを見かける。私はいつも涼しい顔の彼女が、一生懸命に指を動かす姿も、その紡ぎ出された危うく鋭い音色も、すごく好きだ。

そうして何度か合わせていく中で、曲のおおまかな土台が築き上げられていく。セッションの過程を見るのは初めてだった。いくつもの音の粒がぱっと光って広がっては消え、また新たな色の光が生み出されていく。

「唯、どきどきしてきちゃいました」

唯ちゃんがキーボードの前ですでにらんらんと瞳を輝かせている。唯ちゃんのキーボードが織りなすフレーズは、とにかくセンスが良い。飛び道具的な役割を担うことが多く、目立つうえにバンドにもきちんと馴染むテクニカルなプレイが最高にクールだ。幼少期からのピアノ経験者ということもあり、技術的な面では、彼女が一番うまいだろう。

「だいぶ輪郭がくっきりしはじめてきたなぁ。よし、じゃあ唯ちゃんも」

瀬戸くんに招かれ、キーボードの音色が重なる。おお、と思わず息が漏れた。やっぱりピアノが入ると俄然《がぜん》印象が華やぐ。

イントロまで合わせた時、「あ、ちょっとストップ」と、瀬戸くんが手を挙げた。

「ごめん、細かいアレンジはまた後で詰めようと思っとったけど、いっこだけいい？　イントロさ、今、ピアノほとんど鳴ってないと思うけど、もう少し主張あるほうがいいかな。ちょっと考えられたりする？」

「なるほど。千景先輩のギターリフが印象的やから、あんまり足さんとこうって思いながら様子見てました。じゃあ例えば……」

唯ちゃんは小さくメロディを口ずさみながら、まるで魔法を編み出すように指先を動かし、様々なフレーズを試す。

「あっ、もしかすると、ギターにユニゾンするのがハマりいいかもです」

「それいいかも。イントロだけもっかいやってみていい？」

瀬戸くんがにっこりとする。そして、せーのでもう一度イントロを合わせる。

「うん。俺はこの方向好きやなぁと思うけど、どう？」

グッドの返答をするように、みんなが瀬戸くんに向かって楽器を鳴らす。私もすかさず親指を立てる。瀬戸くんがふははと笑う。

セッションを繰り返していくうちに、すべての音が心地よくうねり合い、いつしか体ごと、音の波にのっかっていた。

「ストップ、ストップ」

瀬戸くんがふたたび手を挙げ、演奏を止めた。バンドの音は最高で、私はどうして中断されたのか分からなかった。

「水原さん、いま歌詞歌っとった？」

いや、と声が詰まる。言われた意味をすぐに理解できず、しばらく言葉が出なかった。

「えっ……う、歌ってないよっ」

「いや、心音ちゃん歌っとったよ」

うみちゃんにも言われる。

私は首を横に揺らす。瀬戸くんが、まっすぐな声で言う。

「すごく、ぐっときた」

彼の深い目の色に見つめられ、胸の奥から熱が突き上がってくる。

私は、自分が歌詞を口ずさんだという自覚は、ほんとうになかった。

けれど、あの夜の浜辺で瀬戸くんに聴かせてもらった時からずっと、あいまいではあるものの、彼の歌声やメロディがいつまでも消えず耳に残っていた。そして、彼が最初に話してくれた『一瞬で永遠の光』というテーマ。その言葉を頭の中でなぞりながら、ノートの隅に歌詞、とまではいかない殴り書きみたいな言葉を綴《つづ》っていたのは事実だった。

それを、無意識とはいえ、私は厚かましくも歌っていたのだ。

「ご、ごめん……勝手に、」

「水原さん、書いてほしい」

えっ、と声にならない声が口の中で小さく響く。

「俺、水原さんの言葉で歌ってほしい」

瀬戸くんの瞳の奥にはしんと光る真剣さが宿っていた。けれど私はそれに頷いていいのか分からなかった。

「で、でも……」

「ごめん、これは俺のわがまま。でも、どうしても聴いてみたい。だって」

彼がふんわり目元を柔らかくして、こちらへ一歩にじり寄った。ささやかに日焼けした瀬戸くんの腕が目の前に伸びてきて、ピュッと肩に緊張が走る。彼の両手のひらが私の肩を掴んだ。

「俺も、水原さんが見とる、その世界が見たい」

その言葉は、甘い痺《しび》れとなって体じゅうを駆け抜けていき、気づいた時には、素直な感情が口からこぼれていた。

「はい……っ」

私の首はしっかりと縦に振られていた。

私はできるだけ落ち着いた風を装っていた。そうしないと、自分を見失ってしまいそうだったから。ほんとうは、はしゃぎ散らかしてしまいそうなほど、嬉しかった。

その時、コンコンと仮スタジオの扉が叩かれた。扉を引くと、おばあちゃん、ではなく、見たことのない女の人が立っていた。

「姉さん、どうしたん?」

そう語尾に驚きを滲ませ、ゆで卵みたいにつるりとした表情で言ったのは、高橋くんだった。

「職場で乾燥うどんたくさん頂いたから、お母さんとおばあちゃんのとこにお裾分けにきてたんよ」

「せっかくやけん、うどん食べていき」

お姉さんの奥からひょこりと顔を出したおばあちゃんが、のんびりと言った。

「ほんとうですか！　嬉しいですうっ。唯、お腹ぺこぺこです」

休憩を挟まず一気に編曲を進めていたせいか、手を止めた途端、心地のよい疲労感が襲ってきた。高橋くんがみんなに語りかける。

「じゃあ、いったん休憩にしよう。僕も手伝うよ」


わやわやと仮スタジオから移動し、洗面所を借りて手を洗うと、みんなで食事の準備を手伝った。

「玄弥くん、お姉さんおったんや」

野菜を洗いながら、うみちゃんがぽつりと言った。

「うん。姉さん、就職してからは家出て一人暮らししとるんよ。やけん、バンドのこと話したんもつい最近で」

「なぁ、長ねぎってどうやって切ると?　みじん切り?」

瀬戸くんが真面目な顔で言うから、私は慌てて彼の手を止めた。

「こ、これはスープと煮込む、やつ、やけん……斜めに包丁入れる切り方っ」

「斜め？　こんくらい？」

「ぶ、分厚すぎるよ……！　火が通りやすいように、もう少し薄く……」

「千景、調理実習も人に任せきりやもんなぁ」

「バレとったか。よし、じゃあこんなもんやろ」

「うん、いいと、思う」

瀬戸くんが丁寧に包丁の刃を落としていく。薄すぎたり、厚くなったり、彼がまな板を叩くたびに大きさの違うねぎが出来上がっていく。その真剣な横顔は、見ていると胸をくすぐられるものがある。

「うわぁ――！　噴き出しちゃった、お、おばあちゃん‼」

ガスコンロのほうから賑やかな声が上がった。高橋くんのお姉さんの汐里《しおり》さんが、お湯が噴きこぼれる鍋と格闘している。

「あの人、いまだに料理苦手なんやなぁ」

高橋くんが汐里さんに背を向けたまま可笑しそうに言った。

テーブルに出来立てのうどんが盛られた器を並べ、私たちは一斉に手を合わせ箸を取った。

「うわ、すごく美味しいです！　唯、この優しい味付け好きです」

「あらぁ、ありがとう。嬉しかねぇ」

おばあちゃんもにこにこしながら麺をすする。ずるずると麺が口に運ばれる音がそこら中で鳴り響いている。たった今、みんなで作った料理をみんなで夢中で食べているこの空間は、ものすごく生《せい》のエネルギーで満ちている。

高橋くんが、うどんを頬張る瀬戸くんに訊いた。

「千景、バイト何時から？」

「えーと、14時。食ったら後片付けして、ざっとアレンジのおさらいするか」

「そうやな。来週以降、またやりながら詰めてこ」

高橋くんはそう言うと箸を置き、「ごちそうさまでした」と合掌した。私とうみちゃんが食べ終えると、みんなの器が空になった。洗い物を済ませて手を拭いていると、汐里さんが帰るという。

「練習頑張って。本番、観に行く」

汐里さんが私たちに手を振った。

「うん、ありがとう」

高橋くんはそう返事をすると、唇だけで薄く笑った。私たちも軽くお辞儀を返し、汐里さんが出ていくのを見送った。

10分ほど小休憩を挟んで練習を再開することになった。休憩中、楽譜に目を落としていた高橋くんとかちりと目が合う。

「僕の顔になんかついとる？」

露骨に見ていたつもりはなかったけど、彼の顔を観察してたのは事実だった。

「あ、いやその、お姉さんと……」

「はは、似とらんやろ。よう言われる。僕は父親似で、あの人は母親似やけん」

確認が済んだのだろう。ところどころ印のついた楽譜を、高橋くんはさらさらとひとつに束ねる。

「母親は違うけんね」

彼は事もなげにそう言い、にこりと口元をゆるめた。


それから仮スタジオに戻り、最後にもう一度だけオリジナル曲を合わせて、その日の練習を終えた。

「水原さん、歌詞楽しみにしとる」

瀬戸くんの一言は、細やかな粒となって私の心に沁み渡り、左胸をじんわり熱くした。歌や、自分の表現に期待してもらえることの喜びに、私はすっかり打ち震えていた。


それからというもの、私は歌詞を練り上げることに夢中になっていった。メロディを口ずさみながら、ノートの隅に集められた言葉のかけらを眺める。ううん、と首をひねる。言葉自体はあふれてくるものの、バラバラに集められたワードをうまく歌詞に落とし込めない。試しに、伝えたい物語を文章におこしてみる。文章にしてみると、自分の中で散漫としていたイメージが徐々に固まっていく手応えがあった。

書き出してみると、ひとつの物語に還元できないくらい、歌にしたいことがたくさんあった。

けれどいつもたどり着く想いはひとつ。俯いてばかりだった自分に、誰かと過ごす放課後の風はあんなにも優しいのだと、笑い合ったあとに見上げる空の群青はどこまでも美しく輝くのだと教えてくれた、バンドのみんなのこと。そして、そのきっかけを作り、いつだって私を知らない場所へとさらってくれる彼のことを歌ってみたいと思った。窓の外で夜が動いていくのを感じながら、私はペンとギターを握り続けた。

今日の音楽室には、濃い水色の紫陽花《あじさい》が飾られていた。つい先日から梅雨入りをして、授業中、雨音が窓をぱちぱちと鳴らしている。

雨宮先生は相変わらず品のいい顔立ちで、世間話を織り交ぜながら授業を進めていく。

「雨の日は、ココアにマシュマロを落として飲むととても気分が明るくなります。すごく美味しくなるんよ。来週は期末テストやね。ココアのカカオは集中力も高めるし、おすすめです」

私は聞き入る素振りを見せながらも、「それより、先生にとってアヤメの花はどんなものなんですか？」と心の中で詰め寄ってみる。そんなことばかりしていたらチャイムが鳴って、授業が終わった。

子供じみた邪念を抱えていたからだろう。昼休み、消しゴムを音楽室に忘れてきたことに気づいた。

さっさと回収に向かったけど、音楽室はいつも授業終わりに先生が施錠しているため、まずは職員室で鍵を借りなければならないことを、音楽室に辿り着いた直後に気づいた。

しかし、音楽室の扉はわずかに開いていた。

中から声がして、私はハッと息を潜めた。

瀬戸くんの声だ……！

私は扉のそばでしゃがみこみ、そのわずかな隙間から中を覗き込んだ。

けれど、ほんの一センチの隙間では音楽室の空白が見えるだけだった。私は体を小さく縮め、跳ねまくる鼓動をぎゅっと抱きしめるように胸を押さえた。耳を澄ます。話し声が漂っている気配は感じるものの、ひそひそ話でもしているのか、きれぎれの小さな声が聞こえてくる。

声の主はひとりじゃない、ふたりだった。

「ななちゃん、お願い」

その声だけは、私はどんなに小さくても拾い上げることができた。

瀬戸くんの声はどこか切羽詰まっていた。

「もう、その名前で呼ばんで」

カタン、と音がした。グランドピアノの屋根を閉める音だろう。足音がする。瀬戸くんの姿が見えた。手元には封筒、のようなものを握りしめている。どうやらふたりは教室を出ようと、こちらへ歩いてきているようだ。

私は音もなく立ち上がると、すぐ隣のお手洗いに入った。

ななちゃん、という瀬戸くんの声が、頭の中をがんがん叩きまくる。

外の雨が強くなりはじめていた。低く重たい雨音が暗い手洗い場に轟く。私はひとり立ち尽くしたまま、数秒前の記憶をぼうっと見つめていた。

小さなナイフで心臓の表面をなぞられているみたいに、左胸のあたりがどくどくと嫌な脈を打ち続ける。

ななちゃん、は雨宮先生だった。

5

彼が誰を見つめていようが関係ない、「そばにいられるだけでいい」と、私はきちんとわきまえていた、つもりだった。

そうわきまえ、自戒することで、私は自分を保っていられ、バンドの中で歌うことができた。瀬戸くんは心根が優しい人だから。誰にでも迷わず手を差し伸べられる人だから。私だけが特別なわけじゃないんだから……。彼が私に向けているものはきっと好意だろうと信じているけど、それは私が彼に抱いている淡い恋心とは決して同じものではないのだから。そう自戒していた。

期待しない、ことには昔から慣れていた。ずっとそうやっていろんなことと折り合いをつけてきた。人間関係も、音楽に対する想いも――。

「カバー曲の練習はここまでやな。ちょっと休憩挟んで、残りの時間はオリジナル曲の編曲の続きをやろか」

いい形にまとまってきた『やさしさに包まれたなら』を演奏し終えると、瀬戸くんがギターのストラップを外しながら言った。私は笑みを作り頷く。瀬戸くんの姿に、どうしても雨宮先生の横顔が思い浮かぶ。色気とは違う、どこか謎めいた艶《あで》やかな横顔。先生のシャープなフェイスラインを、彼はそのごつごつした関節の男の人らしい指で、丁寧になぞったりするのだろ瀬戸くんに声をかけられた。そんな妄想を繰り広げ、勝手に苦い薬を飲まされたような気持ちになっていると、瀬戸くんに声をかけられた。

「歌詞、どう?」

私はどきりとして目を上げた。汗で湿った前髪を素早く整える。こんな状況になったとしても、彼から声をかけられれば私は心を弾ませずにはいられないのだった。

この静かに息づく彼への想いは、痛みを伴うと知りながらも、簡単に諦めのつくものではなかった。

「あぁ……えっと、今日は、まだ……」

「おっけー。急かすわけやなくて、ただ俺が早く聴きたかっただけ」

瀬戸くんが素直に微笑む。この笑みが好きだ。この笑顔に触れると、私の胸はいっぺんに、甘美なものと切ないものでぐちゃぐちゃにシェイクされる。

私はギターケースのポケットからノートを取り出し、いくつものワードが散らばるページを広げてみせた。

「歌いたいこと、は、頭の中にたくさんあって……でも、まだうまくまとめきれとらん、感じ、かな」

ほう、と瀬戸くんはあごを撫でながら、ノートの言葉をひとつずつ目で追っている。

「水原さん」

「は、はい……」

「カバー曲決めるとき、太陽に似合う曲やろうやって話題もあったけど、正直あんまりそこに縛られんでもいいよ」

瀬戸くんが小さく口角を上げた。私は手元のノートに目を落とす。〝夜の海〟というワードには〝??〟が添えられ、〝月〟にはバツ印が乗せてある。彼はおそらくこれらに対して言葉をくれたのだろう。

この曲の歌詞を考える中で、「夜」の海辺での風景をどうしても切り離せなかった。瀬戸くんが私を見つけてくれた場所だから。けれど、出番が「朝」だということを思い返してはひとり頭を抱えてしまうのだった。

「ううん、でも……」

「曲決めのミーティングやった時は、朝の時間帯に合わせようってそのまま話進めたけど、ぶっちゃけ夏フェスとか行ったらそんなん関係なく演っとるしな」

「まぁ……」

「やけん、水原さんが書きたいこと書いて」

「あ、ありがとう……っ」

「全然」

瀬戸くんがペットボトルのキャップをひねり、口に含む。水が下降していくたびに、彼の隆起した喉仏がぼこぼこと上下する。瀬戸くんへの想いは着実に具体性を帯びていて、彼の何気ない仕草ひとつに私の心臓はどぎまぎしてしまう。

帰り道を、瀬戸くんと歩く。同じ方向は私と彼だけなのだ。雨がふたりの傘をまっすぐ叩き、なまぬるい湿った風が私たちを包む。

「来週から期末テストやなぁ。俺テストってギリギリに詰め込むタイプやから、何回経験してもしんどい」

瀬戸くんがわざとしょげたような声を出して言った。私は可笑しくて小さく噴き出してしまう。

「ふふ、そうやね」

「水原さんは、ちゃんと計画的に勉強できるタイプそうや」

「いや……そうでもないよ、私も、いつも直前になって、焦る」

「へぇ、意外や」

瀬戸くんが目を丸くした。私って、そんなに生真面目そうに見えるのだろうか。別に不真面目に見られたいわけじゃない。けれど今や完全に雨宮先生を意識しすぎていて、先生の、逃げ水のごとく摑みきれない飄々《ひょうひょう》とした雰囲気と、自分は真反対なのだなと思わされて、つらくなった。私は幼い嫉妬心からか、どこか自虐的な気持ちが湧き起こり、ぽつりと言葉をこぼしていた。

「……そういえば、」

「ん、何?」

「……なんで、昼間に、月が見えるのかって話、雨宮先生も、同じこと、言っとった」

「おー。俺も、実はあの先生から聞いたんよ。あの人さぁ」

あの人、という呼び方に妙に慕わしさを感じ、自分から持ち出した話題にもかかわらず私は今すぐ話を変えたくなった。

「よう授業と関係ない話ばっかしよるよなぁ。でも実力はたしかやと思う。歌も、声が凛としとるけんよう通るし」

「……うん」

「それはそうと、お互いテスト乗り切ろうな」

「うん……頑張ろう」

「おう。じゃ、また」

分かれ道にさしかかり、瀬戸くんがぶんぶんと腕を振った。それは傘からはみ出るほどの勢いで、また心の裏側をきゅんとつねられる。私も小さく手を振り返し、背を向けた。

梅雨明けって毎年いつ頃だっけ、とひとりの帰り道で考える。雨が降ってしまうと、夜の海辺にも行けないのに。雨ってなんだかブルーだ。私は自分の憂鬱を全部雨のせいにして、水たまりを蹴り家路を辿った。

千景『この問題の解き方わからん』
しとしとと弱い雨が降り続ける休日の午前。ぶぶ、と机の上でスマホが震えた。画面を開くと、グループチャットに瀬戸くんから、ヘルプのメッセージが届いていた。
写真も添付されている。数Ⅲに関する問題で、文系の私は履修していない範囲の内容だった。すぐにみんなが反応する。
umi『多分、これで合っとると思うけど、あんまり自信ない』

umi『【画像が添付されました】』
高橋『それ問題集のやつ？　僕、まだ解いとらん』
千景『玄弥余裕やなー』
高橋『数Ⅲ四日目やし、後回しにしとったけど、やっかいそうやなぁ』
umi『私、英語の和訳で自信ないところあるんやけど』
umi『【画像が添付されました】』
千景『それむっずいよなぁ。俺、飛ばした』
ゆい☆『ひえー、複雑な構文ですねぇ』
umi『それぞれの単語の意味はわかるけど、うまく日本語として訳せんの』
水原心音『〝私は幼い頃から計画性というものが欠けていて、咄嗟の思いつきとか直感とか、そういうものを頼りに生きてきたのだけど、彼女との出会いもまさにそうだった。〟』
水原心音『多分、こんな感じかと……！』
umi『あっなるほど。すごい、ありがとう！』
高橋『英語、僕も結構てこずってるんやけど』
千景『集まる？　俺今日バイト休みやし、聞きたいとこまだある』
高橋『僕はめちゃくちゃ助かるなぁ』
ゆい☆『唯もお勉強会参加したいですっ。ひとりだとサボってしまうし、実は唯も解けない問題あって』
千景『じゃあちょっとだけ音合わせせん？　正直勉強飽きたー』

高橋『僕もそうしたい、とこなんやけど、今ばあちゃん町内会の人と旅行で、家閉めとるんよ』
千景『マジかぁ〜。ていうか、玄弥のばあちゃん家に集まるつもりでおったわ』
ゆい★『よかったらウチきませんか？　なんか、頂き物の箱菓子が全然減らんで』
千景『よっしゃ、午後から唯ちゃん家に集合』

午後になると雨は上がり、湿った空気がむわむわと肌をなぞった。玄関を出る前に再度姿見の前に立ち、全身を確認した。この間ほど〝ザ・デート服〟でなく、Tシャツにスカートというカジュアルダウンしたスタイル。Tシャツはオーバーサイズのシルエットで、袖の部分の素材がシースルーになっている。デザイン性の感じられるシャツを選び、シンプルになりすぎないように意識した。一応折り畳み傘をかばんに入れ、送ってもらった住所をもとに唯ちゃん家に向かう。空は分厚い灰色の雲が３Ｄアニメみたいにうねうね動いている。雲の流れについていくように、私は道すじを辿った。


「もう、無理。頭ぱんぱん、これ以上は脳みそ素通り」

最初に音を上げたのはもちろん瀬戸くんだった。私たちは唯ちゃん家におじゃまし、和室の客間で勉強していた。瀬戸くんは畳に仰向けになり、勉強を完全に放棄している。

「千景先輩、全然進んどらんやないですか。はい、バームクーヘン食べてもう一問」

「それは食う。問題集はしばらく休憩」

瀬戸くんが動物のようにむくりと起き上がり、個包装されたバームクーヘンを受け取った。

「唯ちゃん、このお菓子おいしいなぁ」

ついに高橋くんもペンを投げ出し、焼き菓子が詰め合わさった箱からクッキーをひとつつまみ、休憩モードに入ってしまった。

「まぁ、そうですねぇ。1時間はやりましたし、もういっか。コーヒー、おかわり淹《い》れましょうか？」

「あぁ、まだあるし大丈夫。そんなに気を遣わんで」

高橋くんが慌てて眉を下げた。今日、ここにはうみちゃんだけがいない。どうやら用事があって来られなかったみたいだ。

「なんや、バームクーヘンって数学の森《もり》センみたいやない？」

「おーおー、また玄弥がなんか言いよる」

「ほら、あの先生めちゃくちゃ秩序立っとるやん。線がズレたりはみ出したりするの嫌うし」

「玄弥、人をお菓子でたとえるの好きよなぁ。でもそれは全くピンとこん」

瀬戸くんがほんとうにどうでも良さそうな顔をしているかたわら、私は「あぁ、」と小さく呟いた。

「な、なるほど……いいバームクーヘンって、層が均一で、きっちりしとる、って、こと……」

「そう！　さすが水原さん」

「えぇ、水原さん、玄弥の謎大喜利わかるん？　でも森センがこんなに美味いのは納得いかん」

「はいはい、ビスコは口結んどき」

「誰がお子ちゃまのおやつじゃい！」

「千景先輩、高橋先輩、今度は漫才はじめるんですか？」

くすくす笑いながら、唯ちゃんが言った。

「期末テスト終わったら、あっという間に夏休みくるやないですか。夏休み入ったら、またあっという間にライブ本番きちゃいそうですね」

「そうやなぁ。そっから受験勉強か。な、唯ちゃんは、俺らが卒業したら、新しくメンバー集めてまたバンド組んだりせんの？」

バームクーヘンを頰につめたまま、瀬戸くんが尋ねた。「唯ちゃんうまいしなぁ」と、高橋くんも重ねて言う。

「いやぁ、ありがとうございます！　でも、唯は全然考えとらんかなぁ。先輩たちに誘ってもらって、バンドものすごく楽しいですけど、じゃあ自分でいちからメンバー集めろって言われたら、そこまでできないかもです。たとえメンバーが集まったとしても、今みたいないい雰囲気でやれる保証もないですしねぇ」

マグカップの中でスプーンをくるくる回しながら、唯ちゃんはいつもと変わらぬ明るい調子で言った。

「やけん、千景先輩すごいですよ。思い立ったらすぐ行動！　というか、まぁ高橋先輩との関係性もあるんでしょうけどね」

「うーん、そうやなぁ。迷うくらいなら、向こう見ずにでも進むかもなぁ」

瀬戸くんが何かを思うように、斜め上あたりに視線を向けて言った。向こう見ずにでも進む。その言葉に、心臓の表面は火に炙《あぶ》られているみたいにちりちりとした。痛い。彼が音楽室で渡そうとしていたあの封筒は、向こう見ずな勇気からなるものなのだろうか。

「千景先輩って、進路どうするんです？」

「俺は、将来的には父親のライブハウス継ぎたいと思っとる」

「千景の夢はずっと変わらんよな」

「ん。やっぱ、親父が店長やってるところを小さい頃から見てきたからなぁ。子供ながらにずっと親父はカッコ良かったよ。あのライブハウスで、お客さん10人とかからはじまったバンドが、何年も経って全国ツアーなんかで舞い戻ってきてさ、親父に『あの時はお世話になりました』とか言ってたりな。演者にもお客さんにも愛されるハコっていいなって思う。手前味噌やけど」

「うわぁー！　千景先輩いい息子！」

よせやい、と瀬戸くんがおどけながらも照れ臭そうに笑う。

「まぁそこまで話して親父説得したんやけど。親父、ちょっと前に腰悪くしてしまってなぁ。多分、どんどん動けんようになると思うんよ。やけん、俺が手伝いながら仕事覚えて、将来的には受け継ぎたいなと。で、大学に進学するって条件つきで、一応親父とは話通っとる。親父、大変な仕事やし他の仕事も選べるやろって、最初は全然聞き耳もってくれんくて困ったわ。さんざん話し合って、ようやく納得してもらった。大学行って、視野の広い場所に出て、その上でもやりたいなら、ちゃんと引き継がせるって」

「じゃあ、大学はやっぱり地元ですか？」

「そのつもり。デザインを学びたい。家から通いながら、ライブハウスでのバイトは続ける」

私は反射的に目を細めてしまった。まぶしかった。将来のことを、そんなにも具体的に見据えられるなんて。すごいな、と私は率直に思った。胸の内で呟いたつもりが、その気持ちは口からこぼれてしまっていたらしい。

「どうも」

と瀬戸くんが私を見て、白い歯を見せて笑った。未来など不確実で予期できないことだらけなのに、自分をきちんと信じ、はっきりと夢を追いかけられる彼は、希望に満ちた光をたたえていた。

「それ、三者面談で話したら担任感動してしまうんやない？」

高橋くんがすごく大切なものを見つめるような優しい目で瀬戸くんに言った。私も同じ気持ちだった。瀬戸くんの、自分の想いを肯定できる強さと、その尊い夢は守られるべきだと思った。

「いや、担任の前でそこまで話さんし。普通に大学の話だけするよ。ていうか、玄弥は結局進路どうするん？」

「僕はやっぱりあっちの大学受けると思う」

「あっち、ですか……？」

唯ちゃんが首をひねった。瀬戸くんは、そか、とぽつりと言う。

「うん。大阪のほうの大学行きたいなと思っとる」

ガリッと何かが砕ける音がして、高橋くんは口を開いたまま固まってしまった。

「ひゃーすみません、お話の途中にっ。アメ、噛んじゃうのクセで」

彼女がてへへとした表情で頭を掻いてみせる。くすくすと笑う高橋くんに、「ドラムは？」と、瀬戸くんが訊いた。

「こっちに置いていくやろなぁ。そんな広いとこ住めんし」

「じゃー、帰ってきた時はまた楽器で遊べるな」

「もちろん」

高橋くんの口ぶりはいつもと変わらず穏やかだけど、どこか心ここにあらずというような横顔にも見えた。

「この町から出てみたいと思ったんよ」

すっと静かな笑みを浮かべ、高橋くんはそう言った。

「そっかぁ、三年生はいろいろ考えることがあるんですね。心音先輩は、進路どうするんですか？」

「へ」

口の中の砕けたアメを溶かしながら訊いてくる唯ちゃんに、私はひときわまぬけな声を出してしまった。

「私は、地元の大学、か……就職するか……」

これは父とも共有している事柄だった。父は大学進学を勧めるけれど、私にはいまいち学びたいことも将来の展望も浮かばなくて、だったら就職して家にお金を入れたいと思った。でもキャンパスライフに興味がないと言えば嘘になる。そんな考えが何度もいったりきたりして、私はいまだどう進むべきか決めきれずにいた。

「音楽はどうするんですか?」

「えっ、いや……それは、全然……」

「えぇっ。唯、心音先輩はこのまま歌い続けるんやと勝手に思ってました。だってあんな風に歌えるのに」

「いや、いや……!」

私は唯ちゃんの言葉を遮るように声を吐き出した。心臓がばくばくと激しく脈を打っている。喉の奥からこみ上げてこようとするものを、私は息と一緒にごくりとのみ下す。

「……歌うのは、好きやけど、ほんと、そんなんやないよ」

「そうなんですかぁ。でも今度、ネットに歌ってる動画上げてみちゃいません? 唯、バズると思うなあ~!」

「う、ううん、私は、ただ、ここで歌えるだけで、楽しいし……」

「ほんと?」

瀬戸くんが、私の目を見て言う。あ、と思った。海のように深い彼の瞳の中に映し出されると、私ははらりと心の内を見せてしまいそうになる。

でも、私は胸の奥の小さな扉をぐっと閉め直し、口先だけでぐずぐずと語った。

「……うん。私、そもそも人に何かを伝えるの、苦手やし……」

「そう？　伝え方なんて人それぞれやし、むしろそういう気持ちが歌になるもんやないの？　よう知らんけど」

「……でも、」

「あとついでに言うと、出会った時より近頃よう喋りよるやん」

「へ、う、嘘……っ」

「ほんと」

瀬戸くんがけろりと言った。彼の淡々とした言葉たちが、私の胸の奥に隠された小さな扉を叩きまくる。

ぎぃと軋んだ音を立て、重たい扉がほんの少し動いた時、心が声を上げた。

私、ほんとうは歌う人になりたい。

ずっと幼い頃に描いた想いだった。けれど、やっぱり口にすることは憚《はばか》られた。

「……全部、みんなのおかげ、ありがとう……っ。音楽は、私も趣味として、楽しみ続けるつもり」

いつの間にか口の中がからからだ。私はおもむろにグラスを取り、ジャスミン茶を一気に喉に流し込んだ。キンと内臓が冷える。押し込んだ気持ちが体の中でぐちゃぐちゃに混ざり合い、あまり具合が良くない。

私はきっと、今より先には進めない。

決して人前で歌えなかった私が、ayame. の中では歌声を披露できるようになった。どういうわけか、瀬戸くんがそばで笑っていてくれると自由に声が紡げる。彼の、どこか母を彷彿させるような懐かしくて優しい笑顔が、私の中で湧き起こる様々なノイズをすぅっと払ってくれる。今はそれでいい。けれど、仮にそこから抜け出してひとりになったとすれば、私はきっとまたダメになる。人の目に萎縮してしまい、頭が洗いざらい真っ白になり、喉は塞がれ、歌など何ひとつ届けられないだろう。

瀬戸くんがいるから歌えるのだ、なんてことはこの場で話せないし、何より自分自身が最初から諦めているくせに、夢、として語ることなどできなかった。

「みんなのおかげやなんて、へへ、そう言われると照れちゃいますねぇー。唯も来年は受験生かぁ」

唯ちゃんがまたひとつ、アメを口に含みころころと転がす。

「唯、正直まだ将来のことなんて全然考えきれん。やりたいこともよく分からんし、って話を親にすると、『あんたは勉強できるからとりあえずいい大学行き』って言われるんですけど、〝とりあえず〟ってなんだろう、とか思っちゃって。まぁ両親の言いたいことも分からなくはないんですけど。そもそも唯、好奇心は旺盛なくせに飽きっぽくて、夢中になれるものっていくつもないんです」

彼女がまたガリ、とアメを噛んだ。「あ、またやっちゃった」と唯ちゃんは恥ずかしそうな顔をする。

「唯ちゃんはまだ俺らより一年長く時間残っとるし、たっぷり悩み。でも、そのアメには年がら年じゅう夢中よな」

瀬戸くんが、彼女の手元にあるパインアメの袋を指し、「いつも持ち歩いとる」と可笑しそうに言った。

唯ちゃんは一瞬呆気にとられたような顔を見せ、それからふふっと照れ臭そうに笑った。

「私、どうしてかこれはずっと好きなんですよ」

どうぞ、と私たちにもアメをくれた。前にうみちゃんと三人で遊びに行った時にもこうして彼女から分けてもらった。私の中で、唯ちゃんを表す色彩は彼女の明るいイメージとも相まって、パイン色になりつつある。

「それより、あともう少しだけ試験勉強やって、そしたら海行きません？　雨、久々に止んどるみたいですし」

「おー大賛成。だらだらやる1時間より、ゴールに向かって集中してやる1時間！」

「千景、もっともらしいこと言うとるけど、さりげなく『あと1時間』で切り上げようとしよる」

「いいですね。とっととやっちゃいましょう。瞬発力をフル活用せんと」

唯ちゃんと瀬戸くんがにししと笑い合った。壁掛け時計は午後4時になる手前の時刻を指している。

私たちは宣言通り、それ以降ぴたりと無駄話を止め、試験範囲の攻略に邁進《まいしん》した。

久々に見た雨上がりの海は、遠い水平線に落ちゆく夕日の朱色をすべて飲み込み、一面燃えるように染まっていた。空は、水に落とした絵具が描くような、青と朱が混ざり合った色をしている。

「やっぱり、潮野の夕日と海は綺麗ですねぇ！　うみ先輩も来られたらよかったのになぁ」

コンクリートの防波堤の上を歩きながら、唯ちゃんがぽそりと呟いた。潮風にポニーテールをなびかせながら、唯ちゃんがちらりと私を見て、そっとこちらに寄り添う。何か話したがっている時の彼女の仕草だ。この距離の近さにはまだ慣れなくて、どきんと胸が跳ねる。

「うみ先輩、彼氏さんといるんですかね？　今頃違う場所で夕日見上げとったりして。いいなぁ」

唯ちゃんが広げた手のひらを口元にあて、ひそひそ話の音量で話を続ける。

「羨《うらや》ましすぎるので、あとで私たちの集合写真送りつけましょう」

「うん、いいね」

笑い合っていると、瀬戸くんと高橋くんが防波堤の突端に向かって駆けて行った。

「ライブ、絶対大成功――！　のはず！」

瀬戸くんが、大声で海に向かって叫んでいる。「ちょっとゆらぐなよ」と高橋くんが背を反《そ》らせて笑っている。

「ちゃんと大成功させてやる――！」

それから高橋くんも大声を上げる。男の子の大きなふたつの影が、笑い声とともに揺れている。

「唯たちも行きましょう」

走り出す唯ちゃんの背中を、私は頷きながら追いかけた。

「本番、めちゃくちゃ盛り上がりますようにぃ――！」

唯ちゃんはたまらなくなったのか、走りながら彼らの背中に向かって叫び出した。ふたりが振り返る。瀬戸くんの目は光の塊みたいに輝いている。

「さ、最高のライブに、なりますように……っ！」

私も体の底から声を引っ張り上げ、叫んだ。急に出した大声に内臓もびっくりしたのか、照れ臭さも相まってか、呼吸が乱れる。はぁはぁと息を吐きながら、彼らのもとに走りつく。

「あと当日、晴れますようにぃ――っ！」

唯ちゃんがまた高らかに叫び、「これはうみ先輩のぶんです」と付け足した。するとまるでコール&レスポンスみたいに遠くで鳥が鳴くから、私たちは一斉に噴き出してしまった。

「そういえばさ」

ふいに高橋くんが言った。

「水原さんって、ギター独学？」

高橋くんの隣にいる瀬戸くんもちらりと横目で私を見た。

「う、ううん……、私は、お父さんに教わった」

写真の中の母がギターを抱えている姿を見て、幼い私は父に母の形見のギターをねだった。父の長い腕の中にすっぽりおさまる形で、基本のコードをひとつひとつ教えてもらった。

「お父さんも弾けるんですねぇ！　かっこいいです」

「うん、お父さんは、大学生の頃にお母さんから習ったんやって」

「めぐりめぐってるんですねぇ。ちなみに千景先輩は？」

「俺も親父。今も親父、時々自分のライブハウスでライブやったりしとるよ」

「千景の父さんうまいよなぁ。僕にドラムも教えてくれたし」

「うわ、先輩たち楽しそうで羨ましいです……！　唯、ピアノ教室の先生めちゃめちゃ厳しかったから」

唯ちゃんがよくやるふくれっ面を作って見せると、高橋くんがくくっと喉を鳴らして笑い、言った。

「でも、そのぶんちゃんと技術として身についとるからなぁ」

そう話しながら、高橋くんは何を見つけたのかぐるりと体をよじらせた。

「ネコや」

高橋くんがわくわくした気持ちを隠しきれない声で呟いた。

「わーっほんとだ！　野良？　めずらしいですねぇ」

唯ちゃんもまたときめきを言葉尻に滲ませ、忍び足でネコに接近しようとしている。

「ウミネコですか？」

「唯ちゃん、ウミネコって鳥やん」

「えっ」

ふたりがひそひそと話しながらネコに接近していくのを微笑ましく見守っていると、左耳に瀬戸くんの声が転がりこんできた。

「ほんとうのところは、どうなん？」

瀬戸くんが、夕焼け色の海原を見つめたままぽつりと呟いた。

「ん……？」

「将来のこと」

え、と彼を見ると、瀬戸くんもこちらを見ていた。その透明な眼差しから目が離せなくて、私は固まったままぱちぱちとまばたきをする。瀬戸くんは夕日を従え、茜色に光っている。

「なんか、ほんとはもっと言いたいことありそうやった」

夕方の風がふわりと前髪を持ち上げる。私はそれを直す余裕もなかった。心臓を破りぼこぼこと湧き上がってくる様々な想いを整理することに精一杯だった。

ほんとうのところ。将来のこと。

彼の言葉が耳の中でこだまして、離れない。

瀬戸くんの目がじっと私を捉え続ける。今この一瞬なら、心を明け渡してみたいと思わせる、まっすぐな引力を持つ彼の瞳。

「い、いや……私は、将来の夢って、やっぱりよく分からんよ」

「でもさぁ、小さい頃にひとつくらい考えたことない？」

「まぁ……」

「その夢は？」

「……だって、私、あがり症で……言葉も、つっかえるし、」

「そうか。けど、適当な言葉でつらつら話されるよりも、俺はたどたどしくてもちゃんと自分の言葉で話してもらえるほうがいいなぁ」

彼の声が心の固い部分にやわやわと沁みていく。私はなんだか胸がいっぱいで、泣きたいような気持ちになった。ぎゅっと目に力をこめる。

「でもっ……私、ほんとうはひとりきりでしか、うまく歌えん……」

「なんで？　それはじめの頃も言っとったけど、絶賛歌えとるやん」

「な、なんや分からんけど……っ、私はayame.では、歌える……でも、それ以外では、うまくできんの……やけん、もっと歌いたいと思っても、多分、無理……っ！」

「歌いたいと思うとるんや」

彼の柔らかな声に、視線が引き上がる。

「俺は、水原さんの歌はもっといろんな人に届くと思うよ。うん、潮野だけやなくて」

鼓動がさらに早打ちする。ただ会話をしているだけなのに息切れを起こしてしまいそう。胸が苦しい。左胸で煮詰まった甘酸っぱくて切ない匂いが鼻先まで迫《せ》り上がってくる。

「うわ、あいつらネコに逃げられとる、はは」

瀬戸くんが頑丈そうな体を反らせて笑う。「玄弥、昔からネコ好きなんよ」と言って、瀬戸くんがポケットに突っ込んでいた手を外に出すと、はらりと何かがこぼれ落ちた。

ギターのピックだった。夕日の光を集めて、青いホログラムのデザインが万華鏡のように輝いている。

彼がいつも練習で使っているものだ。瀬戸くんは落としたことに気づいていない。拾い上げようとした時だった。

「あっ……！」

びゅうっと風に吹かれ、ピックがさらさらとコンクリートを滑り、潮風にさらわれていく。

私は咄嗟に追いかけていた。ピックが防波堤を転がるたびにきらりと光って、なんだかルアーを追いかけている魚になったような気分だった。

捕まえたぞ、と海に飛ばされる直前でピックを拾い上げた。けれど、能天気な空想に意識を注いでいたせいか、ピックを握りしめた途端、普段履かないヒールのサンダルが足元をもつれさせた。

「……水原さんっ……！」

意識がじょじょに脳から乖離していくのが分かった。人は突然の緊急事態に差し当たると、瞬間的に意識がトぶのだと、この時初めて知った。瀬戸くんの声がだんだん遠くなっていくのを感じながら、私は海へ落ちていった。

ざぶん、と海面に体が沈んだ瞬間、意識が戻った。薄く目を開き、気泡がのぼりたつ水面の光に手を伸ばしながら足場を確認する。想像よりもはるかに底が深いことに気づき、泳ぎが得意じゃない私は途端に焦った。また意識が遠のきかけていると、視界の端を何かが横切る。

目の前に大きな魚のような影が、するりと現れた。

その巨大な影が私の手を引きぐんぐん泳ぎ進んでいく。波にたゆたう黒髪。がっしりとしているのにしなやかな筋肉。人魚みたい、と思った。そのたくましい肩が水を掻くのを見上げながら、私も力なく足を動かした。

「心音先輩、千景先輩、大丈夫ですか?!」

陸に上がると、唯ちゃんが泣きそうな顔であわあわと立ち往生していた。

「あぁ、びっくりした。水原さん溺れとるように見えて」

瀬戸くんがシャツの裾を両手で絞りながら、今日の天気の話でもするみたいに何でもない口調で言う。これこそが、彼自身が言う〝向こう見ず〟の行動力なのかもしれない。分かっている、彼はたとえ唯ちゃんや高橋くんが同じ事態に陥ってもきっと全く同じことをしただろうと、頭では理解している。

けれどいつだって、深く冷たい場所に沈みかける私を、彼は迷いもせず救ってくれるから、心のどこかで、彼も自分を想ってくれているのではないかと期待してしまう気持ちをどうしても捨てきれない。

「瀬戸、くん……ごめんなさい、ありがとう……」

伝えたい想いはどんどんあふれてくるのに、口の中で泡になって消えてしまう。

好きだ。

けれど彼には特別に見つめている人がいる。そう思うと唇は糸で縫われたみたいに固く結ばれてしまう。私の想いが、それを匂わせる言葉が、厭《いと》わしく思われてしまうのではないか。そんな風に考えると、心臓は凍りつきバラバラに砕けそうになる。

「あの、これを、拾おうとしたら、落ちてしまって……」

私はおずおずと握った手のひらを差し出した。同時にぶるりと体が震える。潮野の気候は一年中暖かいほうではあるけど、六月の海はまだ冷たい。

「えっ、ありがとうな。これ気にいっとったから」

ずぶ濡れの体でにぃっと笑う瀬戸くんのことが泣きたいくらいに好きだ、すごく好きだと思った。この気持ちを伝えてしまいたかった。人目など関係ない、今すぐ喉から押し出してしまわないと、息すらうまくできない。

「ううん……巻き込むかたちになって……ほんとに、ごめん」

しかし現実にはちっとも言葉にならず、私は力なく笑ってピックを渡すことしかできないのだった。

彼を好きでいるためには、ほんとうの言葉は失わなければいけない。もしかすると、私のほうが人魚なのかもしれない。王子様のそばにいたくて、言葉を引き換えに人間になった人魚の物語の結末はどうなったんだっけ——。

「ていうか、ふたりともはよ帰ったほうがいいよ。風邪引くぞ」

高橋くんの言葉が頭上に降ってきて、我に返る。

「そうやな！　なんか久々に海入ったら、脳みそまで洗われたみたいや、すっきりした」

「あはは。千景先輩、勉強したぶんもすっぽり抜け落ちてたりして」

「それは困るなぁ」

瀬戸くんの、ペンで一筆書きしたみたいに鼻筋の通った横顔を、私はただじっと見つめていた。

「帰ろか」

薄紺色の空に向かって伸びをしながら、瀬戸くんが言った。夕日はすっかり海に沈み、海辺には夜の空気が流れはじめていた。私は水に濡れた犬みたいに頭を振り、冷たい水を払った。

翌週、期末テスト一日目の朝。登校すると、下駄箱でうみちゃんの姿を見かけた。

「おはよう……っ」

彼女の隣に立って声をかけたけど、私の音量が小さかったのだろう。うみちゃんはぼんやりした様子で気づいていないみたいだった。朝の青白い光がうみちゃんの横顔に翳《かげ》りをつくっている。

「う、うみちゃん、おはようっ」

もう少し大きな声を発すると、うみちゃんはまどろみから目覚めたみたいにハッと顔を上げた。

「ごめん、気づかんやった。おはよう」

うみちゃんはにっこりとし、「昨日の夜、試験科目詰め込みすぎたかな。ちょっとぼうっとするんよ」と困ったように眉を下げた。

「私も、家にいると結局ギターとか、触っちゃって……昨日は遅くまでやってた」

「そうなっちゃうよね。じゃあ、試験がんばろう」

励ましの声をかけ合って別れ、それぞれの教室へ向かった。

教室内は普段よりも少し静かで、最後の追い込みで教科書やプリントを猛暗記している人が多く見られた。席に着き、私はぺらりと薄いノートをめくった。殴り書きの歌詞のかけらがページに点在しているのを、じっと見つめる。

相変わらず、試験勉強をしながら歌詞の続きを綴っていた。ともすれば教科書よりも歌詞と睨み合った時間のほうが長かったかもしれない。

『水原さんの歌はもっといろんな人に届くと思うよ。うん、潮野だけやなくて』

夕方の海辺でくれた瀬戸くんの言葉が、私の耳の奥で、静かな波音のようにずっと響き続けていた。

歌詞を書いて、それを自分で歌うなんて初めてだった。だからこそ、伝えたい想いはとどまることなくあふれてくる。過去、現在、そして未来のこと。それらをきちんと自分の言葉にして歌い上げることができた時。

私はもう一度、幼い頃に描いた夢の続きを、紡いでみようと決心していた。

シンガーになりたい、という気持ちが、あの日以来とめどなく膨らみ続けていた。

ほんとうは、ずっと誰かに言ってほしかったのかもしれない。内気で勇気のない私は、あんな風に背中を押してもらうことで、ようやく自分の心に手を突っ込み、ずっと隠していた本音を目の前に引っ張り出すことができた。

とは言ってもまだ問題は山積みだ。はたして私は〝人前で歌えない問題〟を、瀬戸くんなしに克服できるのか。

それに、どうやってシンガーを目指すのか。そこがまだ漠然としていた。

今はネット上のみでも本格的な音楽活動ができる。それなら潮野で、このまま父と暮らしながらでも活動できるだろう。もしくはとにかくオーディションを受けまくる？　大学に通いながら？　働きながら？

詳しい道のりはこれから決めるところだけど、そんなことを考えるくらいには、夢のかけらはもうずいぶん大きく育っていた。

そして、ライブが無事成功したら。私は瀬戸くんへの想いを、初恋を、彼にきちんと伝えようと決意していた。

いつだって私の心を突き動かしてくれるのは、彼だ。私はずっと自分が嫌いだった。あがり症なところも、言葉がつっかえるのもコンプレックスでしかなかった。そんなうじうじした私と真正面から対峙し、それも悪くないじゃないかと肯定してくれたのも瀬戸くんだ。私は彼のおかげで自分を少しだけ好きになれた。私はもっと自分のことを好きでいたい。瀬戸くんに想いを伝えないまま何もかもおしまいにする自分では、いたくない。

朝のチャイムが鳴ると同時に、担任の先生が入室した。試験が全て終わる頃には、歌詞を完成させよう。そう自らに誓いノートをしまう。期末テスト、一日目がはじまった。

千景『風邪ひいた……今日学校休むわ。すまんけど、バンド練習は俺抜きで頼む』

グループチャットにメッセージが届いたのは、試験最終日の朝だった。

私はそのメッセージを見てすぐ、防波堤から海に落ちたあの日のことが浮かんだ。助けてくれた瀬戸くんだけが風邪をひいてしまったことを大変申し訳なく思った。

『私のせいで』と文字を打って、いやいやとかぶりを振り全消しした。文字にするともの凄く自意識過剰に思えて、『お大事に……！』とだけ返信した。

その日は瀬戸くんが来られなかったので、バンド練習は中止となった。『お見舞い行こうか』と高橋くんが提案したけど、『いや、うつすとまた揃って練習できんくなるし、大丈夫』と返ってきて、私たちはお見舞いの言葉とスタンプを一斉に送るにとどまった。

「――――ひとまず、みんな期末テストお疲れ。今日はゆっくり頭を休ませて、明日からまた

「受験勉強頑張ろうな」

　担任の先生のねぎらいの言葉で締め括られ、ホームルームは閉じられた。四日間にわたる試験日程が終了し、教室は一時の解放感に包まれる。

「……ふぅ」

　私も人知れず小さく息を吐いた。今日は練習がなくなって、ギターケースは持ってきていない。いつもより荷物の少ない体で立ち上がり、教室を出る。

　期末テストは午前中で終わるので、お昼ごはんは基本的に家で食べることになる。スニーカーを履きながら、家の冷蔵庫の中身を頭の中で透かしてみる。

「ねぇねぇ、水原さん！」

　冷蔵庫の野菜を頭の中で古い順に並べていた時、背後から声をかけられた。

　同じクラスの女の子だった。それも、ひとりじゃなくて三人の視線が私に集まっている。びくっと驚き、スクールバッグがずるりと肩から滑り落ちた。

「……は、はい……？」

「あ、急に話しかけてごめんなぁ。教室探したらあっという間に出て行っとったけん」

　彼女たちは、まるで道の隅で見つけた四つ葉のクローバーを両手で差し出すみたいに、どこかしおらしい様子で私に言葉をくれた。

「水原さん、瀬戸くんたちのバンドのボーカルになったんやろ……？」

「へっ……⁉　えっと、う、うん」

「わぁ、やっぱそうなんや！　水原さんすごいなぁ。ayame. 人気なんよ。演奏うまいから盛り上がるし、みんなかっこいいしね」

わぁ、と私も感嘆がこぼれる。ayame.の名前をメンバー以外の口から聞いたのは初めてで、なんだか胸が熱くなった。やっぱりあのバンドは、誰が見てもかっこいいんだ。

「校門まで一緒に行こう！」

「う、うん……！」

私は俯くこともせず、はっきり頷いていた。以前の自分ならば、視線はつま先、返事もろくにできなかっただろう。いまだに声はつっかえがちだ。でも少しずつではあるけど、私は着実に変化していた。

「高橋くんと瀬戸くんって、すごいモテるのにどっちも彼女作らんし、いっつもふたりでおるよねぇ」

「うんうん。幼なじみなんやろ？　なんか親密なものを感じる……想像してしまうなぁ」

まだ梅雨は続いていて、傘の下、彼女たちがふふふと怪しい笑みで盛り上がっている。何を言っているのかあまりピンとこないけど、クラスメイトと普通に話せている事実がただ嬉しくて、私は隣でにこにこと頬をゆるませていた。

「水原さん、よかったらこれからカラオケ行かん？　私らも水原さんの歌聴きたいなぁ」

ちょうど校門を出た頃、海水に浸したみたいなきらきらした瞳で問われた。一瞬にして、稲妻のような緊張が背骨を走り、どくんと心臓が上下する。

私は、瀬戸くんがいなくても、歌えるのか。

今が、まさにそれを試すチャンスだ。

「……う、うん……！　行きたい」

じわりと胸元に汗が噴き出す。震える息をそっと吐き出し、私は笑顔を見せた。

「わ、嬉しいなぁ！　じゃ、行こっ」

まだ心臓はばくばくと暴れまわっている。それを静かになだめながら、カラオケボックスへと方向転換した時だった。

駐車場の隅に、雨宮先生の姿が見えた。誰かと話しているみたいだ。先生は、授業中の私たちには決して見せない、まるで幼い子供をしかるような、それでいてすごく愛おしい宝物を見つめるような表情で、誰かと向かい合っていた。建物が邪魔をして、相手の風貌がはっきりと確認できない。

見覚えのある、傘だった。ぼさぼさの黒髪から覗く、ペンで一筆書きしたみたいに鼻筋の通った横顔と、歯並びのいい口元。

「水原さん？　こっちー！」

前を行くクラスメイトに呼ばれ、私は駐車場から１８０度目を逸らした。鼓動の音は重く、鳴るたびに心臓に鉛が埋め込まれていくみたいだ。

「うん……ごめん、今、行く……っ」

さっきの男の人が、瀬戸くんのはずなど、ないにきまっている。

6

ぽつぽつぽつぽつ、傘を叩く雨音ばかりが耳元で鳴る。彼女たちの話に意識を及ばせているはずなのに、すべて鼓膜を素通りしていく。

病人の瀬戸くんがあの場にいるなんてこと、ありえるだろうか。いやどう考えたってその可能性は、この梅雨が今すぐ明けて快晴に変わることとくらい低い。そう言い聞かせるのに、私の心は憂鬱な雨を吸ったかのように、ひどく重たかった。

「あっ、うみ！」

クラスメイトの子の声が、ようやく鼓膜に届いてきた。のろりと顔を上げる。

「久しぶり。あら、心音ちゃん」

うみちゃんは、クラスメイトに囲まれている私を物珍しそうに見た。

「水原さんがayame.のボーカルって聞いて、私たち話しかけたんよ。今からカラオケ行くところ」

「そうなの？」

「うん……」

「この近くのカラオケボックスやったら、私、クーポンあるよ。それもスタッフしかもらえん破格の割引価格」

うみちゃんがにこりとした。

「えっ。うみ、なんで⁉」

「バイト先やもん。ね、私もご一緒していい？」

「うみも来てくれるん！　やった、行こ行こ」

ありがとう、とうみちゃんが微笑んだ時、内心安堵している自分に気づく。極度の人見知りが少しずつ和らいできたとはいえ、やはり胸の片隅では心細さを感じていたのだ。

私は頭を揺らし、さっき見た駐車場の風景を振り払ってみる。

今は、そんな不確かなことに振り回されている場合ではない。

これはクラスメイトと放課後を謳歌するだけでなく、シンガーになりたいという夢に具体性を見いだせるかもしれないとても貴重なチャンスなのだ。


カラオケボックスは、昔住んでいた町にもあったチェーン店だった。黄色でべた塗りされた外壁。入口には、他校の制服の集団も見える。私はそろそろと人の間をすり抜け扉をくぐった。

うみちゃんが手際良く受付用紙を記入し、私たちは六畳ほどの広さのある部屋に案内された。

「水原さんなに頼む？」

「あっ、えっと、なんでも……」

「おけー」

ポテトやからあげが詰められたバスケット、パスタなど、彼女たちはタッチパネル上で指をすいすい滑らせ、次々とフードメニューを注文していく。こんなに大人数でカラオケにきたのは初めてで、知ってるカラオケボックスのはずなのに、なんだか何もかも新鮮に思える。

ドリンクバーで飲み物をついでいると、隣に人影が見えた。

「心音ちゃん、さっきからこわい顔しとるけど、大丈夫？」

うみちゃんがこっそりと言い、ガラス窓を指した。そこには眉根をきつく寄せた深刻すぎる表情の自分が映っていて、私は慌てて目と目の間を広くした。

「う、うん……カラオケ、久しぶりで」

「そう」

うみちゃんがマグカップにお湯を注ぎ、紅茶のティーバッグを浸している。

一瞬、うみちゃんの横顔がメランコリーを帯びている気がして目を凝らしたけれど、「なあに？」そう笑ううみちゃんは、もういつもと変わりなかった。マグカップの湯気にのって、うみちゃんのいい香りが漂ってくる。

部屋に戻ると、「誰から歌う？」「私あれ歌いたい！」とクラスメイトたちが和気あいあいとタッチパネルをスライドさせていた。

コーナーソファの隅にそっと腰を下ろす。ずん、と体がソファに沈む。かなり座面がへたっていて、様々な人が座り込んできた形跡を腰骨で感じる。

「あ、これ私！」

手を挙げた彼女の元にマイクが渡る。今年話題のアイドルの曲だ。イントロですでにみんな盛り上がっている。

モニターに映像が流れる。何度もテレビで観た本人映像のプロモーションビデオを他人事《ひとごと》のように眺めていた。

「水原さんも入れてなー」

と、クラスメイトから笑顔でタッチパネルを渡され、私はおどおどしながらもしっかり受け取る。

「あ、ありがと……！」

お礼を言い、速くなる動悸をなんとか鎮めようとする。大丈夫。いつもバンドの中で歌っているみたいに力を抜いて、自由に歌えばいいのだ。

選曲にさんざん迷い、私は『やさしさに包まれたなら』をセレクトした。最近練習している曲の中でも一番自信があったのと、初めて家族以外の人に、聴かせることができた曲だったから。

曲と曲の合間、モニターはカラオケ映像から〝予約曲一覧〟に切り替わる。予約曲が流れていくたび、私の心臓は濡れた布が絞られるみたいにぎゅっと縮まる思いがした。

「これ誰ー？」

カラオケ音源特有の、冷たい音色の前奏が流れる。

いよいよ回ってきた、私の番。

「わ、私……っ」

マイクが手渡される。沈んでいた体をばっと起こして、勢いのまま立ち上がる。鼓動は高速ビートを刻んでいる。自分の呼吸に耳を澄ませてなんとか心を落ち着かす。

「あっ、魔女宅のやつやん！」

「かわいいー」

みんなが盛り上げようとしてくれているのが分かる。好奇心がちらちら光る瞳が、私に集まる。マイクをぎゅっと握り直す。

ゆっくりまぶたを落とし、いつものように、ブレスをする。

「……あれ、水原さん、どうしたん？」

私は歌っている、つもりだった。

「あっ、もしかして思ってたんと違う曲やったパターン？」

クラスメイトたちが気を遣い、カラオケ音源しか流れていない奇妙な沈黙を埋めようとしていた。その間も、私は必死に声を絞り出そうと力を込めて歌詞をなぞっているのに、喉からは苦しげな息がしゅうしゅう漏れるだけだった。マイクにも乗らない、申し訳程度の掠れた声が口元をさまよっている。

曲が進むごとに場の空気がざわめくのを感じる。だめだ、と悔しくて情けない涙がこみ上げてきた時、隣にいたうみちゃんがすっと立ち、もう一本のマイクを静かに取り歌いはじめた。

うみちゃんを見上げる。目線が結ばれる。うみちゃんは、しっとりした柔和な歌声を披露しながら目を細めた。

一曲丸ごと歌い切ると、うみちゃんはマイク越しに言った。

「ごめん、私が歌っちゃった。心音ちゃん、連日のバンド練習で喉酷使しちゃってて。この間もちょと辛そうやったし。ね」

私はふがいなく思いながらも、うみちゃんの優しい嘘を両手で受け取り、こくりと頷いた。

「ええ、そうなん？　ごめん、無理やり連れてきてしまったかなぁ……」

「ち、違う……！　誘ってもらって、すごく、嬉しかった」

「でも潮野まつりで歌うんやろ？　今喉壊したらやばいし、歌わんほうがいいよね？」

「そしたらウチらばっかで申し訳ないなぁ」

「う、ううん……っ。私、聴いてるだけでも、楽しい」

「ほんと？　なら、今日はウチらで盛り上げる！」

彼女たちがタンバリンをしゃらしゃらと叩きながらはしゃぐ。私は努めて頬骨を高く持ち上げ、同じように手を叩いた。口の中がねばねばして気持ち悪かった。手元のグラスを見下ろすと、鮮やかな黄色に染まったレモン味の液体は偽物みたいな彩度をしていて、私は口をつけることができなかった。


カラオケボックスを出ると、私たちは店の前で解散することになった。小雨が町を濡らしている。

「うみちゃんっ……あの、ありがとう……」

ふわふわと軽やかにその場を去ろうとするうみちゃんの背中に、私は声を放った。口からこぼれた言葉は、我ながらとても力のない響きだった。

「うん。なんや、校門で見かけた時から冷や汗だらだらみたいな顔しとったから」

あの時、「どうかうみちゃんも一緒に来てほしい」と心の中で願ったのは事実だけど、そこまで顔に出ていたのか。焦りや緊張がすぐ表面に現れてしまうところは、やっぱり変われないのか。

「私適当なこと言っちゃったけど、喉ほんとうに平気？」

「う、うん……」

「そうね。話し声はいつも通りやし、問題ないね」

そう優しい声で言われた途端、今までこらえていたものが一気に眼球の奥で溶けて、まぶたを押し出しあふれてきた。

「わ、心音ちゃん、大丈夫……?!」

目頭から流れ出すものを止められない。手の甲で目をこすりながら、声を漏らし泣いてしまった。うみちゃんが背中を撫でてくれる。手のひらから動揺が伝わってきて、申し訳ないと思うけど、一向に涙はおさまらない。

私は、どうしてちっともうまくできないんだろう。

「立ち話もなんやし、ちょっとあそこのベンチで話そうか」

うみちゃんに促され、人気《ひとけ》のない小さな公園の東屋《あずまや》に入った。うみちゃんがベンチに腰掛け、隣を叩く。そこへ静かに座った。

「なんか飲む？　自販機行ってくるよ」

「う、ううん、ありがとう、あるから大丈夫……」

私は顔を左右に揺らし、バッグからペットボトルを取り出した。こく、と小さく音を立てて水を喉に流し込む。萎《しぼ》んでいた気持ちが少しだけ落ち着いた。

うみちゃんはその間、黙っていた。私からの言葉を待っているのが気配で分かる。屋根に滑り落ちるさらさらした雨音が気まずい沈黙の隙間を泳いでいる。

どのくらい黙っていたのか定かではない。私は意を決し、ようやく口を開いた。

「私……すごい、あがり症で……人前やと、うまく声が出んで、歌えなくなるんよ……」

「あぁ……初めて仮スタジオに来た時もそんなこと言うとったけど、でも毎週バンド練習して、しっかり歌いよるやないの」

うみちゃんが、まるで幼い子供を諭すような穏やかな口ぶりで、瀬戸くんと全く同じことを言う。

「えっと……あ、あのね……私、」

声に、迷いにも似た震えが滲む。素直に伝えたとして、信じてもらえるのだろうか。ばからしいって思われてしまうだろうか。

いいや、彼女ならきっと呆れたり嗤《わら》ったりせず心を傾けてくれると思った。

「……実は、なんでか……せ、瀬戸くんがいると、歌えるんよ……声が、勝手に滑り出てくるような……よう分からんけど……っ」

私は、恥ずかしいようなこわいような潔いような心持ちで、声も切れ切れにそう言った。

「だから歌いはじめる前、いつも千景くんのこと見とるんや」

「えっ」

あっけらかんとした様子でうみちゃんが話すから、私は背骨ごと引っ張られたみたいにものすごい勢いで顔を上げた。

「あのアイコンタクトが歌うための措置なんは知らんかったけど、でも横から見てても微笑ましいくらい、あの瞬間、心音ちゃんのまわりの張り詰めとる空気が柔らかくなるのが分かるんよね」

うみちゃんが口に手をあて、ふふふと笑みをこぼすから、私は皮膚の裏を流れる血が一気に沸騰したみたいに、体じゅうが熱くなった。

「私……人からいろいろ思われるんが、昔からずっと、こわいんよ……それで、頭の中で言葉を探しとるうちに、どんどん、声が引っ込んで、年々喋れんように、なって……人と接するときは、いつも、心臓が痛いくらい、緊張する……歌も同じやった、ずっとひとりでしか歌えんかった、やけん、夢も諦めて……でも、ayame. のみんなのおかげで、少しずつ、人と関わることが、楽しくなって……歌も、大丈夫やって思っとったけど……」

話題が飛び飛びになっていることに自分でも気づいている。けれどうみちゃんは、こちらをじっと見つめたまま相槌を打ち、話の腰を折らずに聞いてくれる。

「それで、さっきはぐぐと力が入ってしまってうまく声が出せんかった、ってことか」

「……うん」

「なるほど。けど、心音ちゃんはそれを克服したいってことなんよね？」

はい、と私は現実の重さに押し負けそうになりながらも、ゆっくりと首を縦に振った。

「心音ちゃんの場合、緊張とか心的ストレスみたいな部分が原因として大きいんやろうけど……あっベタやけど、こう、目をつむってまぶたの中で千景くんを思い浮かべてみる、とか」

「……私も、それやってみたんよ、さっき……」

「ダメってことやねぇ」

「うん……」

「ちなみにそのこと、千景くんには話しとるん？」

「い、いや……言って、ない」

「彼に相談すると、何か解決するかもしれんね」

うーん、と否定とも肯定ともつかないぼやけた返事をしてしまった。うみちゃんの意見は正しい。私だって分かっているのだ。ただ、この異様な症状を本人に伝えることに怖気《おじけ》づいている。「瀬戸くんがいないと歌えない」というフレーズの重み。彼と私の間にある親しみを破ってしまうくらいの重力。想いを伝える決意こそしているものの、ライブを終えるまでは、今の間柄をこじらせるような行為は控えたい。

「千景くんのこと、好きなんやね」

「は、ひっ……！」

うみちゃんが小雨と同じ静けさで、ふふふと微笑むから、ひどく間の抜けた声が出た。

「……大切で、失いたくないからこそ言えなくなることってあるよね」

「えっ」

彼女の言葉の温度が突然下がった気がして、私はうみちゃんを見上げた。けれどその声に反して、表情は優しかった。

「なんてね。私から言えるんはそれくらいかなぁ」

「……う、うみちゃん、なんか、あった……？」

いつもと変わらないようにも見える。だけど、よぎった違和感はやっぱり拭いきれなくて、私は確かめるように訊いてみた。

「……ううん、大丈夫。でも、今度ゆっくり話聞いてもらおうかな。今日は早めに帰るよう言われとって」

うみちゃんはそう話しながら腰を上げ、「母親の誕生日なんよ」とベンチの下に横たえられていたビニール傘を手に取った。

「そ、そうやったん……っ？　ごめん、長々とぐじゅぐじゅと、私の話ばっかり……」

「いやいや、話してくれて嬉しかったよ」

「今度は、私がうみちゃんの話、聞くね……！」

「うん、ありがとう。じゃあ行こっか」

東屋の外は変わらず霧のような雨が降り続いていた。公園を出て、海が見える通りまで歩く。

「はやく止むといいな」

灰色の静寂に覆われた海原を見つめながら、うみちゃんがぽつりと呟いた。

＊

どうやら風邪が長引いているらしく、期末テストの翌週も、瀬戸くんは学校を休んだ。

高橋『千景、サボりか？』

千景『バレたかぁ～、って違うし！　元気なんやけど、熱が下がらんからなぁ。家で一日中ギター弾いとる』

ゆい★『だから熱上がっちゃうんですよ！　ちゃんと休む時は休んでください！』

千景『(笑)』

グループチャットを見ていると、既読がつくのも早く、ひどい症状にうなされている様子ではないみたいだった。だけど私はやっぱり罪悪感で胸の一片を曇らせていた。瀬戸くんはお見舞いを断り続けるけど、少し顔を見る程度だったらうつることもないだろう。みんなに相談してみようか、などと考えあぐねている間に数日が経った。

千景『復活‼　今日からガッコー行きまーす』

瀬戸くんから全快したというメッセージが届き、なんだか一刻も早く彼に会いたいと思った。


潮野は例年より数日早く梅雨明けを迎えることになった。教室の窓から見える景色も一気に夏に近づいている。昼休み、廊下の窓から綿あめをちぎったような雲をぼうっと見つめていると、視界の隅に瀬戸くんの背中が見えた。

あ、と思った。私はガサガサと机に手を突っ込むとノートを取り出し、教室を飛び出た。

完成したての歌詞を最初に見せるのは、瀬戸くんにしようと決めていた。彼がはじめに私に聴かせてくれたみたいに、同じことをしたかった。一歩一歩踏み出すごとに鼓動が高くなる。高鳴りを隠すように、ノートで胸をおさえつけ、歩幅の広い瀬戸くんを追いかけた。

瀬戸くんは自分の教室に戻るでもなく、渡り廊下を足早に抜けると、別棟の階段を上って行った。後を追いながら気づく。彼は用があって目的地に向かっているのだから、その途中で呼び止めるのは迷惑かもしれない。そんな思いが、声をかけることを躊躇《ためら》わせていた。けれど引き返すこともできず、足取りはいつしか忍び足に変わり、息を潜めて瀬戸くんを追いかける。彼は、どこへ向かっているのか。この棟には音楽室がある。心なしか、瀬戸くんは人目を気にしながら歩いているようにも見える。重苦しい予感で胸が騒ぐ。ノートを握る手がかすかに震える。けれど足を止められない。

さっきまで注意深そうに歩いていた瀬戸くんが、突然一段飛ばしで階段を上りはじめ、四階より先に足を進めた。あれ、と疑問に思った。それより先は蛍光灯もない暗がりの踊り場で、屋上の扉が設置されている。けれど、屋上は一年中鍵がかかっていると唯ちゃんが言っていた。そもそも〝立ち入り禁止〟の古びた張り紙の貼られた扉の前には、おそらく使わなくなったのであろう年季の入った机や、年間行事の大道具などが積み重ねられ、ほとんど物置のような状態だった。それなのに、瀬戸くんは埃のかぶった物の山をやすやすと移動させ、ポケットから鍵を取り出した。そしてその扉をいともたやすく開錠してしまう。私は厳重に息を詰めていたにもかかわらず、「……はっ」と、うっかり声をこぼしてしまった。

「えっ、水原さん?」

瀬戸くんが、明らかに目を丸くして私を見た。そして〝立ち入り禁止〟の張り紙を背景に、彼は童話に出てくる悪戯っ子みたいな顔をして、言った。

「来て」

ガチャ、と瀬戸くんが内鍵を閉める。綿あめ雲が垂れ落ちてきそうなくらい、屋上から見上げる青空は近かった。給水塔とフェンスしかないまっさらな空間は、シンプルなぶん目に映るすべての色彩が色濃く見える。南風が吹いている。夏の匂いがする。

「うわーっ。案外広いんやなぁ。てか、屋上高けぇ」

瀬戸くんがフェンスに制服を食い込ませながら、遠くに広がる海を見ている。

「せ、瀬戸くん、あの、なんで……？」

風に前髪を乱されないよう片手で防ぎながら、私はそっと彼の隣に立って訊いてみた。

「鍵、手に入れたばっかか」

「えっと……ここ、立ち入り禁止、よね……？」

「へへへ」

瀬戸くんが、さっきからあんまり楽しそうに笑うから、そのたびに胸の奥がぎゅっと窮屈になる。思いがけずふたりきりになれて嬉しい。私が犬だったら尻尾をぶんぶん振り回し駆け回って喜んでいるだろう。

いいや待て、待て。私は彼がお手玉みたいに両手でキャッチを繰り返している錆びた鍵を注視した。駆け回っていた心がぴたりと止まる。

その鍵は、いったい誰から手に入れたのか。

「それ、その鍵……」

蚊の鳴くような声だった。地面にぽつりと落ちた私の声を、「あぁ」と彼は丁寧に拾い上げる。遠くでセミの鳴く声がする。

「鍵、持っとるの多分俺だけ。はは、内緒な」

「なんで、せ、瀬戸くんが、持っとるん……」

「水原さん、ちょっとこっちのほう来て。そこやったら下の階から見えるかも。こっち死角やけん」

「……うん」

なんだか誤魔化されているような気がして、苦いものが込み上げてくる。重たい足を引きずり、言われたとおり彼のほうへ移動する。嫌な予感が気泡のように浮かんでは消え、また浮かぶ。

「これは、秘密のルートから入手した」

「……雨宮先生？」

口からこぼれたその名前に、自分でも驚いた。上がってくる言葉を飲み下せなかった。彼を好きになってからというもの時々信じられないような言動をしてしまう。じりじりとした日差しが首筋に汗を滲ませる。瀬戸くんが、私よりさらに驚いた表情で固まる。

「え、なんで……？」

ビンゴ、だ。彼のにごりのない黒目の奥がわずかに揺れたのが分かった。ムチで引っ叩かれたみたいな痛みが心臓を襲う。

「うそ。俺らのこと、誰から聞いた？」

俺ら、という響きの親密さが、胸にぐさりと感傷を刻む。熱を帯びた痛みが心の真ん中を刺し、返事ができない。七月の太陽に作られたふたりぶんの影は、さっきからぴたりと動かないままだ。

束なんやけど」

「はは、そう。まさに雨宮先生から頂戴したんよ。て言っても、夏休みがはじまるまでって約

瀬戸くんが、観念したみたいに口を開いた。セミが元気よく鳴いている。彼から言葉を引き出そうとしているのは私なのに、もうこれ以上、彼が嬉しそうに語る姿を見たくなかった。

「ええと、四月頃……やったかな。放課後、先生が別棟を躊躇せずがんがん上ってくとこ見て。人気《ひとけ》なかったし、油断しとったんやろな。でも俺は気になって後つけとって。んで、後は想像できるやん？　屋上の鍵開けて、ひとりで煙草吸いよったんよ」


雨宮先生が煙草を吸うことを意外に思ったけれど、言葉にはしなかった。する気力も体力もなかった。「……うん」とだけ、私は硬い声で小さく相槌を打つ。

「それでさ、『先生、最近煙草減らしてるんやなかったっけ。俺に鍵の所有権渡してくれたら、兄貴に黙っとくよ』って、俺、屋上の鍵欲しすぎてちょっと意地の悪いこと言った。そしたら、『別に、言っても構わん。あの人最近ずっと忙しいし、興味も示さんでしょうね』って冷めた感じで笑われて。っていうか、話をうまく順序立てるのムズいな。えーっと、結果から言うと、その時点では鍵の交渉は不成立。んで、こっからちゃっちゃと説明すると、この後兄貴とななちゃんはなんと大喧嘩。結婚するつもりで一緒に暮らしとるアパートにななちゃんは戻らんし、兄貴からの連絡もことごとく無視。そこで‼」


瀬戸くんが突然びしっと人差し指を立て、さながらテレビショッピングの売り手のような抑揚をつけて言った。私は文字通り、ぽかんと口を開けたまま聞いていた。

「おうい、水原さん？」

そう名前を呼ばれた時、ようやく開けっぱなしだった口を閉じ、ひとまず頷いてみた。

「で！　兄貴に、『あいつに、せめて帰ってきてほしいと説得してくれ……』って頼まれてな。もちろん断ったんよ。『知らん、自分たちでなんとかしや。連絡取れんなら学校にでも押しかければいいやん』って。でも、『職場にまで顔出したら、菜々よけい怒るやろ、公私混同とか嫌いそうやし……。とにかく、この封筒だけでも渡してくれたらいいから』って。兄貴、普段口数少ないくせに必死に言ってくるからさ。仕事にも忙殺されてボロボロでなぁ。ふたりが高校生の時から付き合っとるの見てきとったし、なんかいたたまれんというか……俺、つい引き受けてしもた。雨宮先生、俺らの関係性はなるべく隠したいみたいやから、人目のつかんとこで説得して。でも結局最後まで受け取ってもらえんで、最終的に兄貴が当たって砕けろ精神で、放課後の学校に会いに行ったらしい。そいで無事に仲直りー。はよそうしとってくれやって感じよなぁ」

期末テスト最終日、雨の日の駐車場で見た人影。うなだれた背筋。瀬戸くんに似た横顔。映画の早回しみたいに、あの日の記憶が脳裏を駆ける。

私はまた口が利けなくなってしまった。今度は嬉しさで口元がゆるみきって、唇をひっつけ笑みをこらえようとしても、かえってへんな顔になる。

「あ、それでよ。『巻き込んで悪かったわ』って、さっき先生が譲ってくれた。学校にバレたらまずいから、夏休みまでやって。それでもじゅうぶん！　梅雨も明けたし、授業なんかサボって昼寝したいなぁ。って、ありゃ」

ちょうど、校庭のスピーカーから、お昼休みの終わりを告げるチャイムが鳴った。その音の割れた響きが、まるで祝福の鐘みたいに私の中で鳴り渡る。

「さ、ささ、さぼる……？」

言い慣れなすぎて、いつも以上にひどくつっかえてしまった。私は思い出したみたいにノートをぎゅっと握り直し、たどたどしい提案をしてみた。

「大賛成」

彼は真夏にソーダアイスをかじった時みたいなとても爽快な笑顔で、ピースサインを作った。

「屋上でのサボりはさいこお」

コンクリートに寝転がった瀬戸くんが、腕を空に投げ出し言った。授業をサボるのは初めてで、私の胸は緊張と好奇心ではちきれそうだった。落ち着かず、絵具で塗ったような濃い空の色にばかり目を向けていると、足元から声がした。

「気持ちいいよ」

瀬戸くんがぽん、と軽く隣を叩いた。頰の内側にじわじわと熱がこもっていくのを感じる。それを悟られないように、髪の毛で顔を隠しながらそっと地面に腰を下ろす。それからゆっくりと背中をコンクリートに預けてみた。

「あ、あったかい……」

「なー」

太陽に温められた地面は人肌よりも熱をもっていて、ぽかぽかと心地がよかった。だけど寝転がることで、火照る顔を隠していた髪はさらさらと地面にこぼれ落ち、顔が剝き出しになってしまう。彼にこの赤くなった顔を晒してしまうのが恥ずかしい。でもずっとこのままでいたい気もした。

体の側面に置いたノートを手繰り寄せる。

「水原さん」

「は、はいっ……⁉」

「なんで、鍵の主が雨宮先生って気づいたん？」

「……前に、たまたま、瀬戸くんと先生が音楽室で話しとるとこ、見て……」

「うっそ？　あーいつか鍵かけ忘れて話し込んだ時あったもんなぁ」

おかげでしっかり勘違いしてしまった、と小言を胸の内で溶かしていると、「なぁ」と、また瀬戸くんの声が転がり込んできた。

「三者面談いつ？」

「へ、あぁ、えっと私は、明日」

「そっか。俺は明後日。惜しかったなぁ。日程被っとったら、もしかすると水原さんの父さんとすれ違っとったかもしれんのに」

「や、え？」

「だって、水原さんのギターの師匠やろ。気になる」

黒目をきらきらとさせた愛嬌のある彼の横顔が可笑しくて、可愛くて、ふっと笑ってしまった。

「あ、あのね」

「ん」

「えっと……」

私たちは空を見上げたまま、ぽつぽつと言葉を転がしあう。

「私……シンガーになりたい、って、思う……！」

口にした瞬間、喉元まで跳ね上がる鼓動を抑え込むように、ごくりと唾を飲んだ。ちらりと横目で瀬戸くんを見る。

「マジかぁ‼」

彼はそう叫びながら、まるでアスリートのごとき勢いで体を跳ね起こした。その威勢の良さが地面を伝って感電し、「ほっ……！」私もなけなしの腹筋を駆使してビュッと上体を持ち上げる。

「ま、まだ、具体的なことは、これから考えなきゃいけんし、未熟な部分も多くて……口にするんも、恥ずかしいんやけど、」

「水原さんの歌は届く。もっと届く。必ず」

瀬戸くんが食い気味にそう言った。さっきまで気だるい午後の空気にゆり動かされ、あくびをしていた人とは別人みたいに、瀬戸くんは強い光を溶かし込んだ瞳でじっとこちらを見つめてくる。

「あ、ありがとう……っ。あの、それで……いやそれでっていうか全然別の話なんやけど……歌詞、書けた……！」

私はずいとノートを瀬戸くんの胸に差し出した。「マジかぁ！！！」と、彼は空に向かってふたたび叫んだ。

骨張った大きな手のひらが、はらりとノートを開く。静寂が訪れる。彼の目の動き、息遣いが空気を伝って私の胸に注がれてくる。ページに意識を集中させているのが伝わる。不安に近い興奮を覚えながら、私はただ黙って彼の言葉を待った。

ぱたん、と瀬戸くんがノートを閉じた。瀬戸くんの表情は喜怒哀楽のどれでもない、強いて言うならばどこか〝まっさら〟なように見えた。

けれど、それが悪い方向の感情ではないことが、私にはどうしてかくっきりと分かったのだ。

「ありがとう」

瀬戸くんは静かな声で言った。それから、朝の光を浴びたひまわりがめいっぱい花弁を開かせるみたいに、ゆっくりと笑った。

お日様のいい匂いが香り立ってくるような、懐かしくて、あたたかくて、きらきらと胸を刺す、彼の笑顔。

「すごいわ。俺、最後の夏にこの曲演れるの、ほんと嬉しい」

私の心臓は、夏祭りのゴムボールみたいにめちゃくちゃに跳ね回っている。嬉しい、嬉しい！　勢いのまま言葉が口を飛び出していく。

「こ、こっちこそ、ありがとう……！　私、瀬戸くんに、たくさん背中、押してもらってる……！　あの、ぜ、絶対にライブ成功させようっ」

「おう！　次のバンド練習も楽しみやなぁ」

「うんっ、あ、みんなにも、歌詞送っとかんと……」

「えっ、まだ見せてなかったん？」

「あ、ええと、うん、昨日の夜、完成したばっかりで……」

嘘だ。もっと前に書き上がっていた。けれどこの日のため、瀬戸くんの風邪が治るまで、おすわりのまま制された犬のようにして待っていた。

「そうか。俺が一番か。ラッキー」

ああ、何らかの原因で屋上の内鍵が壊れてしまえばいいのに。このままここにいられたらいいのに。瀬戸くんといると、頭が霞がかって、体の芯がだらんとゆるんで、思考も惚《ほう》けてしまう。まるでいけないクスリを飲んでいるみたいだ。

「おぉ、チャイム。経験上、連続でサボるといろいろ問いただされて面倒やし、そろそろ戻ろか」

瀬戸くんが名残惜しそうに言って、がっしりした体を持ち上げ立ち上がった。残念、と心の中の私が唇を突き出す。

「うん、そうだね……っ」

けれど実際に拗ねてみせる素直さは持ち合わせていなくて、風に波打つスカートがめくれないように気をつけながら立った。

「これ、ありがと。わくわくするなぁ」

瀬戸くんはにこにこしながら、両手でノートを持ち、ひじをピンと伸ばしてこちらに差し出した。私も同じような体勢で受け取る。まるで賞状を渡す校長先生と生徒みたいなやりとりに、ふたりして可笑しくなり、くくくと笑い合った。

「進路の話って、なんや緊張するなぁ」

額の汗をハンカチで拭いながら、父が言った。廊下に用意されている椅子に、ふたり並んで腰掛け、順番を待つ。窓は開いているものの風がなく、放課後の廊下はむわんと空気が膨らんでいて肌をべたつかせる。


昨晩、夕飯の後に父と改めて、進路と将来について話をした。

シンガーを目指したい、とはじめて父に打ち明けたのだ。

一瞬、父は豆鉄砲をくらった鳩のようにきょとんとした。けれど1秒後にはすっかり破顔していた。

「でかい夢、見つけたなぁ」

そう眼鏡の奥の目を緩め、私の頭をがしがしと撫でてきた。照れ臭くてかなわなかったけど、自分の顔がほころぶのは隠しきれなかった。

「高校卒業したら、大学通いながらか、それか就職して働きながら、活動できればばって思っとる。今は、スマホやパソコンひとつあればじゅうぶん発信できる時代やし」

「はぁ、ネットのことはよく分からんけど、そんなもんなんか?」

「うん。具体的なプランはまだやけど……オーディションとかも受けてみたいなって考えとる。それで、進路をどうするか迷っとって」

「ふはは」

「えっ、何?」

「なんや、若い頃の母さんのこと思い出してな」

へ、と私は小さく声を漏らした。

「母さんも、知っての通り音楽好きやろ。それでな、本人はあんまり乗り気やなかったけど、『絶対いいとこまでいく』って俺がすすめて、オーディション受けたんよ。俺も若かったし、純粋な好奇心が芽生えてなあ。案の定、かなり反応がよかったみたいで」

父が昔を懐かしむように目を細めた。これまで母の話はたくさん聞かせてもらってきたけど、そんな話題は初めてだった。私は自分の夢の告白と同じくらい鼓動を高くさせながら父が言葉を続けるのを待った。

「でも母さん、真面目やからオーディション途中で降りたんよ。審査を受ける中で、だんだん音楽を生業《なりわい》にしてみたい気持ちは育っていったみたいなんやけど、『私はまだ気持ちが固まっとらん。こんな中途半端な人がおる場所やない』って」

「そんなことあったんや……初耳すぎて、ちょっと、よう言葉がでてこん……」

「そうやったか？　そんでな、母さんがすごいんは、オーディション降りてしばらく経ってから、レコード会社の人から個人的に電話きたんよ」

「えぇっ」

「驚くやろ。新人育成部？　みたいな部署の人やったと思う。でも美加《みか》、その頃にはお腹の中で動き回る心音にすっかり夢中で、きっぱり断りよった。『私の歌は私の家族だけのものなんです。すみません』って。へんなところで頑なな、いい女よ」

父が母のことを〝美加〟と名前で呼ぶ時はなぜだかいつもどきどきする。私が生まれるより前、父が父になる前の面影を見ているような気分になるからだろうか。そうやって慈しむように母の名を呼び、恥ずかしげもなく「いい女」と語る父のことを、私はとても愛おしく思う。

「何にやにやしとるんや、心音」

「別にぃ。私もお母さんの歌、直接聴きたかったな」

「でもやっぱり似とるよ。歌声は」

「そうなん？」

「あぁ。って、進路の話からずいぶん外《そ》れてしもうたな。まぁ心音のピンとくる道を選びなさい」

「それを、迷っとるって相談しとるのに……」

「はは、そうか」

「じゃあ、明日の三者面談ではひとまず進学希望ってことで話す。お父さんが時々してくれる大学時代の研究とか名物教授の話聞いとると、面白そうやし」

「そうか、そうしぃ」

「もう。お父さんはほんとお母さんの惚気《のろけ》話ばっかりなんやから」

そうからかうように言うと、「まぁなぁ」と父が自慢げに胸を張るのが可笑しかった。

ガラッと戸が引かれる。面接を終えた生徒と母親が廊下に出てきた。何かぶつぶつ言い合いながら通り過ぎていくのをぼんやり見送っていると担任の先生に呼ばれて、私たちは教室に入った。

「――――なので、彼女の今の成績は希望大学の合格ラインはちゃんと越えとります」

面談の内容はシンプルで、現状の成績の共有、希望進路への対策。そして揺れ動きやすい受験生の本音の確認。

「俺はもうひとつ上の大学も目指せると思うけど、水原はどうや？」

私は偏差値や大学のネームバリューにはあまり関心がなかった。

「い、いえ。今の、第一志望の大学が、一番家から通いやすいですし……学べる内容にも、興味あるので……変える気はないです」

通学距離に関してはほんとうの気持ちで、それ以降は口をついて出た適当な言葉だった。私にとって一番大切なことは、家から通えて今と同じように父と暮らせることだった。

「そうか。じゃあ、現状の成績落とさんかったら、かなり合格率は高いやろう。かと言って夏休み気を抜きすぎんよう、最後まできばり！」

「は、はいっ」

「お父さんは、何か質問ありますか？」

「いいえ、心音の意見も聞けたし、自分からは大丈夫です」

「そうですか」

「あの、先生。もしこの子の進路が変わるようなことがあったら、その時は話聞いてやってください」

「あぁ、それはもちろんですよ」

「ありがとうございます。よろしくお願いします」

父が頭を下げるから、私も真似して下げておいた。私たちは与えられていた時間の半分ほどを残し、三者面談を終えた。

父が車で来ていたのをいいことに、帰り道、スーパーに寄って大量に食材を買い込んだ。後ろの席にレジ袋を載せていると、父が何か言った気がした。でもよく聞こえなくて、「えっ？」と聞き返す。

「心音、応援しとるからなぁ」

父が、トランクにお米を積みながらぽそっと言った。

「うん、ありがとう」

私は父の背中を叩いた。ぱしっと浮かれたような音が響く。父は振り向かないまま、「いたた」と小さく笑った。

＊

歌詞が完成してから初めて行《おこな》ったバンド練習は、想像の数十倍楽しかった。言葉のニュアンスに沿った繊細なアレンジが加わり、みんなが歌詞を読み込んでくれたことが音を通じて伝わってきた。嬉しくてたまらなかった。歌詞を誰かに見せることは、自分の内臓を手に取り差し出しているような緊張感と気恥ずかしさがある。だけど、歌詞・メロディ・サウンドがぴたりとハマった瞬間、心はあっという間に喜びの色に塗り替わった。音の輝きが繋がれていく。歌詞に描いた情景が蜃気楼みたいに目の前に立ち現れるのを感じながら、どうかこの歌が届くようにと夢中で歌った。

「うあー、手ぇつる‼」

外の景色がオレンジ色に変わり出した頃、瀬戸くんがまいったように叫びながらぶらぶらと手を振った。オリジナル曲は、回数を重ねれば重ねるほど音色はふくらみを増していき、私たちは休むのも忘れて続けざまに演奏をしていた。時間がきて演奏をやめた途端、どっと疲れが襲ってくる。私の喉元も熱がこもっていて、「これ以上は歌うな、危険」とサイレンを鳴らしていた。

「でも、いい感じになってきたなぁ。ドラム、後半ちょっと手数増やしてみたんやけど、うるさくなかった？」

「唯は全然そうは思わなかったですよ。二サビ前とかすごくよかったです！」

高橋くんと唯ちゃんのやりとりにみんな頷く。

「じゃ、今日はここまで！　疲れたぁ」

瀬戸くんがギターをぶら下げたまま座り込む。そのかたわらで、高橋くんがドラムスティックをしまいながら言った。

「何気に、来月もう本番なんよな。どきどきするな」

「高橋先輩でも緊張するんですね」

「唯ちゃん、どういう意味？」

ふたりがたわむれる横で、うみちゃんがベースを片付けながら笑った。そういえば、うみちゃんにはあのカラオケの日以来、相談のようなものは持ちかけられていない。もう解決してしまったんだろうか。長い髪をひとつに束ねたうみちゃんはやっぱりどこかぼんやりしている。

最近の彼女は、話しているぶんには普段と変わらないように思うけど、言葉を介していない時、ふいにものすごく覚束ない横顔を見せる。さりげなく見つめていると、支度を済ませたうみちゃんがみんなに向かって言った。

「ごめん、私すぐ出ちゃうね。また来週」

にこりと手を振り、彼女は仮スタジオを出て行った。


その翌週、私はうみちゃんの悩みを知ることになる。

『ごめん。急やけど、今から心音ちゃんの家行ってもいいかな』

彼女から個人チャットにそんなメッセージが届いたのは、放課後、スーパーで買い物をしたあとのことだった。

『うん。私は平気だよ』

『ありがとう』

私はうちの住所を送ると、うみちゃんを待たせてしまわないように歩幅を広げた。

ピンポンとインターフォンが鳴り、玄関の扉を開ける。

「ごめんね。急に」

どこか薄曇った表情のうみちゃんが小さいビニール袋を持って立っていた。

「ううんっ、どうぞ、上がって」

きっと相談事なのだろうと予想はついていた。けれど、それは思いもしなかった内容だった。

「これ、たしかめたいの。心音ちゃん、そばにおってくれん……？」

うみちゃんが真っ黒なビニール袋から取り出したのは、妊娠検査薬だった。

7

「レモネード、自家製なんよ。よかったら」

コトンと音を立てて、私は自分の部屋のローテーブルにふたつグラスを置いた。

ピンク色で書かれた〝妊娠検査薬〟という文字を見た途端、情報処理能力が一時停止するほど内心うろたえた。しかし「動揺は彼女を不安にさせる」と本能的に感じ取り、私はなんとか気持ちを落ち着けて、平静を装った。

「ありがとう、いただくね」

うみちゃんは唇の端を軽く持ち上げ、そう言った。先ほどの玄関先で見せた不安げな様子とは一転、冷静な態度でグラスに細い指を這わせている。とろりとしたレモネードの水面が、うみちゃんの手のひらの中でゆらゆら波打つ。

「ありがとう」

もう一度呟いたうみちゃんの瞳の奥がかすかに揺らいだのが、はっきりと分かった。

私はぐび、とレモネードをひと口含んだ。きゅうっとレモンの酸っぱさが喉を刺激する。少し酸味が強かったかもしれない。そう思いながら、またちらりとうみちゃんを盗み見た。彼女はグラスを手に取ったまま、黙って揺れる水面を見つめている。空気を読むかの如く控えめに鳴るエアコンの音が、沈黙をより際立たせている。

レモネードをちびちびと飲みながら気を紛らわしていると、うみちゃんが呟くように言った。

「……生理、一週間以上遅れてとって」

うん、と相槌を打ちながら、頭の中でなけなしの知識をかき集める。それらを信憑性のあるものから順に並べ、整理がつくと、私は声を潜めるようにして訊いた。

「えっと……その、ヒニンは……」

ヒニン、という人生で初めて口にした言葉に強烈な違和感と恥ずかしさを感じた。それに、今彼女にどこまで踏み入ってよいのか、判別がつかなかった。ただ聞き手に徹したほうがよかったのではないか。口にして早々に後悔のようなものが胸に迫りくる。

「うん。避妊は毎回やっとるの。それがね……」

うみちゃんは取り乱したりするでもなく、落ち着いた様子で事の顚末を話してくれた。

「恋人が言うには、行為の最後にゴムが外れてしまったって。私は実際に目にしたわけやないけど……なんとなく想像はつく」

ゴム、という言い方が急に生々しさを帯びて耳に届く。私は耳を熱くしながら、「か、彼氏さんは……なんて?」と、さりげない調子を意識して尋ねた。

「そうね……私よりも、恋人のほうが当初は慌てとったかも。でも、精子はゴムの中におさまっとったし、私は『大丈夫』っていう根拠のない自信があって。とにかく彼にもそう言い切った」

うみちゃんはゆっくり言葉を選ぶようにしてそこまで話すと、レモネードを口にした。ごく、と小さく音を立てて彼女の喉を通っていった時、うみちゃんの瞳から一粒の不安がこぼれ落ちた。

「だ、大丈夫……っ⁈」

「うん。平気。いや、やっぱり、ちょっとこわいなぁ」

ははは、とうみちゃんは目元を拭いながら弱々しく笑った。彼女のひっそりした横顔は、つぶさに観察すると少し頬がこけているようにも見えた。長いまつげの隙間からこぼした涙や、〝こわい〟という言葉から、彼女の不安のかたまりが透けて見えた気がして、自分まで泣きたいような気分になる。

「こ、こわいんは当たり前やと思う……でも、ひとまず検査してみるのがいいんやないかな」

彼女の前にすっとティッシュを差し出す。どんどん膨らんでいく緊張感がこの部屋の空気を重たくさせる。私は頭を揺らしてそれを散らす。

「ん。その通りやね。いろいろ考えるのは結果が出てからにする」

「うん……っ」

「じゃあ、心音ちゃん。お手洗い借りてもいいかな」

うみちゃんはテーブルに置いていた妊娠検査薬の箱を手に取ると、意を決したような面持ちで腰を上げた。場所の説明をすると、うみちゃんは振り返ることなく部屋を出て行った。

ひとりになり、私はさっとスマホを手に取った。妊娠検査薬が、尿で判別されるという漠然とした知識はあるものの、どのくらい待てば結果が出るのか、また陰性、陽性はどのようにして分かるのかまでは知り得なかった。

調べてみると、どうやら1分ほどで結果は線となって表れることが分かった。うみちゃんが部屋を出て行って、もう5分近く経ったのではないだろうか。今、うみちゃんは何を想っているのだろう。〝こわい〟と口にするということは、妊娠は望んでいないのだと思う。聞く限り、ヒニン、に関して、決定的な間違いはなかったのだろう。でももしも、思いがけない結果が出た時は……と考えをいったりきたりさせていると、扉の開く音がした。

「お待たせ」

うみちゃんが、事もなげにそう言って戻ってきた。どきん、と心臓が跳ねた。体温計によく似たピンク色の測定器は、彼女の手の中に握られていてその結果を判別できない。

「これ」

うみちゃんが突っ立ったまま、ゆっくり手のひらをこちら側に向けて開き、検査結果を見せた。

「……あっ、」

部屋じゅうに張り巡らされていた緊張の膜が、ぼろりと剝がれた気がした。思わず嘆息を漏らす。うみちゃんから香る、深い森の匂いが鼻先を掠める。

妊娠検査薬の小さな四角い窓は真っ白なままだった。

すなわち、検査結果は陰性だ。

「お、お疲れさまっ」

うみちゃんに語りかけると、彼女は突然ふっと力が抜けたみたいに床に膝をついた。

「はは、ごめん。やっと今、心がほどけたっていうか……正直、どっちの結果でも受け入れる覚悟はしとったつもりやったけど、自分でも驚くくらい、今ほっとしとる」

へなへなと床の上で気が抜けているうみちゃんの背中に、手を伸ばしていた。ゆっくりとさすってあげる。

「心音ちゃん、ありがとう」

しばらく茫然とした様子で言葉をなくしていたうみちゃんが、こちらにしっかりと向き直ってそう言った。

「い、いや、私はなんもしとらんからっ」

「ううん。私ひとりやったら、いざって一歩がなかなか踏み出せんかったと思う。結果を確認するのがこわくなって、ずっと先延ばしにしとったかもしれん」

うみちゃんは安堵を声に滲ませてそう語る。彼女は年不相応な大人びた仕草が似合うけど、今見せている、17歳相応のあどけない笑い顔も間違いなく魅力的だった。

ふぅ、と小さく息を吐くと、うみちゃんは残りのレモネードを一気に飲んだ。

「……これ、さっき飲んだやつと同じよね?」

奇妙なことを訊くなと思いながら、「う、うん」と相槌を打つ。

「こんなに、酸っぱかったんや。さっき、味全然せんかった」

うみちゃんが驚きを含んだ声で言い、「おいしい」と微笑んだ。

それから、彼女は胸の奥につっかえていたであろうものを、ひとつずつ口からこぼしていった。

「……恋人はね、『やっぱり心配や。緊急措置としてアフターピルという選択肢もある。病院にも付き添う』とまで言ってくれて。いつも飄々としとる彼から、えらく真剣な態度で言われた時、なんや急にこわくなって。なんというか、すべてが不安やったんよ。妊娠しとるかもしれんということも、ピルを処方してもらうという未知の行為も。それに、こう言うと矛盾しとるみたいやけど……もし彼との間に新しい命が生まれるのなら、受け入れたいと思う気持ちもあった。いつかはそうなりたいという思いはずっとあって。もちろんそれが今ではないということは理解しとるんやけど、でも、恋人はそうは思っていないんかなとか、とにかく不安が尽きんくて。そんな風やから、『大丈夫やと思うし、様子見よう』ってあいまいに答えてばっかりで。恋人にも、胸の内すべてを話せんくて」

うみちゃんはとつとつと言葉を吐き出していく。私は彼女をひたと見据え、黙って頷く。

「大丈夫、って何度も、暗示みたいに言い聞かすことで、一時は本当にそう思えてたんよ。バンドのこともあったし、一心に練習に励んどる時間は不安も何も忘れられて。けどね、時が経つにつれて『来月ちゃんと生理くるかな』とか『もし本当に、このお腹に命を宿しとったら』って思いがだんだん大きく膨らんでいくんよね……期末テストの直前に、勉強会誘ってくれたやろ？　あの時も、どうも心の中で暗いものがうごめくのを抑えきれんで、断ってしまった」

「そっか、私たち、なんも気づけんで……」

「いやいや。なんかね、誰にも話せんかった……おおごとにしたくなかったというのもあるかな。恋人にもね、どうしようもなく不安になったとしても、やっぱり言えんかったの。あまり悪いようには考えたくないけど、彼が、ほんとうはどう考えとるのかも、分からんくて。言葉にして確かめることで失ってしまうものもあるかもしれんって。そうやってずっとひとりで抱え込んどるうちに、いよいよ生理が予定よりも一週間遅れて。もう何をやっとっても手に付かんくなってさ」

うみちゃんが、一言一言、丁寧に言葉を置いていく。彼女の寂しげな横顔に、私は話を聞きながらずっと思っていたことを訊いてみた。

「あ、あのさ、うみちゃん」

「ん？」

「その、妊娠検査薬って、もしかして彼氏さんが買った、やつ……？」

「あぁ、うんそう。わざわざ郵送してくれて」

やっぱり、と私はテーブルの下で小さく手のひらを握り直した。

「私は、彼氏さん、すごくうみちゃんのこと真剣に考えとるんやと、思う。うみちゃんがひとりでこれを買うの、ストレスやろなとか、嫌な気持ちになるんやないかとか、そういう相手の心まで思いやれる人、というか……」

恋愛経験の乏しい私が図々しいだろうか、という気持ちが語尾をぼやけさせてしまう。

「ふふ、ありがとう。自分以外の人の言葉でそんな風に言ってもらえると、嬉しい」

うみちゃんが頬をふんわり薄桃色に染めて笑った時、彼女のほっそりした腰回りから、ぐぅうと音が鳴った。

「あら、やだ」

ほんとうに恥ずかしかったのか、うみちゃんは笑みを保ったままぱちぱちとまばたきをし、お腹を抱え込んだ。私は、勢いよく立ち上がる。

「ちょっと、待ってて……！」

慌ただしく部屋を出て、キッチンまで駆けた。

食品庫の棚に並ぶふたつのカップラーメンを手に取った。ふたを開けて、電気ポットからお湯を注ぐ。あつあつのカップと割り箸を両手に持ちながら、私は部屋に戻って訊いた。

「うみちゃん、カップ麺、食べない……??」

彼女は一瞬きょとんとした顔をしながらも、「うん」とほどけた笑顔を見せた。

3分経ちふたを開けると、カップ麺ならではの油と調味料の溶け合った濃い匂いが胃を刺激する。ぱきん、と小気味のいい音を立てて割り箸を割る。

「いただきます」

うみちゃんはそっと手を合わせ、軽く麺をほぐしながら口に運んだ。

「んふっ……」

咽《む》せたのか、うみちゃんが口元に手をあてた。

「大丈夫……っ?」

「うん。カップ麺、久々に食べたんやけど、こんなに美味しかったっけと思って、なんや笑えてきて。最近何食べてもよう味せんかったから」

つられて私も笑みがこぼれた。うみちゃんの箸は止まらない。私たちはしばらく夢中で麺をすすった。

「はぁ、美味しかったな」

ふふ、とうみちゃんがうっとりと言った。私たちは空のカップをひとつに重ね、満足げに顔を見合った。

それから、学校のことやバンドのことなど話しこんでいると、「ただいまー」と声がした。時計に目をやると、時刻はもうすっかり夜だった。

「あぁ、こんな時間までごめん。心音ちゃん、これからお夕飯の支度もあるよね？　私、何か手伝って帰ろうか？」

「へっ」

うみちゃんが慌てて立ち上がりながら言った。

「ううん……！　私は全然大丈夫やけん、今日は、家でゆっくり休んで……っ」

「……私、心音ちゃんがおってくれてほんとうによかった」

「ありがとう。お父さんにご挨拶してからおいとまするね」

笑いながら、うみちゃんは制服をきれいに整えて部屋を出た。私はにやにやがあふれてくるのを止められなかった。

「初めまして、村瀬うみといいます。心音ちゃんにはバンドでもお世話になってます。また遊びに来させてください。お邪魔しました」

父に深々と頭を下げてから、彼女は帰宅した。

「び、びっくりしたぁ。えらいきちんとした子やなぁ」

きょとんとしている父が可笑しくて、私はひとり笑った。

「ごめんお父さん、これから支度するね」

「おっしゃ、じゃあ俺も手伝うか」

私は父の言葉をありがたく受け取り、ふたりでキッチンに立った。

明くる日の昼休み、お弁当を食べ終えた頃、ポケットの中でスマホが震えた。

頭上でおしゃべりがいったりきたりする中、私は机の下で受信したメッセージを確認する。

「ごめんっ……ちょっと、出てくるね」

「お、またバンドの打ち合わせ？」

「うん、そんなところ……！」

「はぁい、いってらっしゃーい」

私はいそいそとお弁当箱を片付けて、クラスメイトのもとを離れた。

カラオケボックスで大失敗をした翌週、私は登校するや否や、クラスメイトたちに歩み寄った。「この間は、誘ってくれてありがとう。すごい、楽しかった……！　でもごめんね、私何もできんで……」と。彼女たちは不思議そうに私を見て、「なんで謝るん？」そう笑いかけてくれた。

以来、彼女たちと昼休みを過ごすようになっていた。

私は人目を気にしつつ、メッセージの送り主のもとへ向かう。

屋上の扉を押し開けると、気持ちのいい風が吹いた。

「おー。今日、天気いいよなぁ」

瀬戸くんは空模様をそのまま表したみたいな、からりとした笑顔で言った。彼は時々ここでお昼休みを過ごしているらしく、気まぐれに私を誘ってくれる。そのたびに、胸に甘い水がたっぷりと注がれたみたいな気持ちになり、私はすっかり浮かれた気分で暗がりの階段を駆け上るのだった。

日陰に腰を下ろした私たちの間には、教科書二冊ぶんくらいの距離がある。ちょうど真ん中に瀬戸くんのスマホが置かれていて、小さな音量でくるりの『ロックンロール』が流れている。

「本番まで、あと一ヶ月とちょいかぁ」

瀬戸くんが、プレイリストをいじりながらぽつりと呟いた。その声にどこか憂いが含まれていた気がして彼を見る。

「そろそろ出演アーティストとか発表される頃やなぁ。うわ、めちゃめちゃファンのミュージシャンとステージ裏ですれ違ったりしてしまったら、本番までどきどき引きずりそう」

瀬戸くんがくるくる表情を変えて楽しげに話すから、ふっと噴き出してしまった。

「瀬戸くんでも、そんなこと、あるんやね」

「あるよ。俺、見せんようにしとるだけで、結構緊張しがちなほうやし」

「ふぅん……」

「絶対信じとらんやん！」

肩を揺らして笑いあっているとチャイムが鳴った。あの日以来サボることはなく、私たちはチャイムを合図に屋上を出て教室に戻る。そうやって過ごすこの時間が、私は楽しみで仕方なかった。屋上で彼とおしゃべりを交わす日の午後の日差しは、この世で一番きれいな金色に思えた。

屋上にふたりきりでいると、ふとした瞬間、ふわふわと揺れる彼の柔らかそうな髪にこの指を通してみたいような、撫でてみたいような熱い衝動に駆られることが、何度もある。

だけど、誰かを心底想うと、高まった気持ちも最後は臆病さに搦《から》めとられてしまう。

「元ボーカルは恋愛沙汰で抜けたのに、大切なライブ前にそういうこと持ち込む？」と、瀬戸くんが眉をひそめる姿が脳内で何度も再生されては、勝手にしょげる。私は瀬戸くんに軽蔑されるのが、一番恐ろしいのだ。

今すぐこの気持ちを伝えてしまいたいという衝動と、ライブを無事に終えるまでは絶対に口にしないという相反する感情に引き裂かれながら、今は彼と私の間にある淡い距離を黙って見守るしかできないのだった。


週末のバンド練習に向かう途中、うみちゃんと唯ちゃんとばったり会い、三人で高橋くん家を目指した。

「あっついですねぇ。よかったらどうぞ」

首から携帯用扇風機をぶら下げた唯ちゃんが、例の如くパインアメをくれる。

「あら、ありがとう。唯ちゃん、これほんとうに好きやね」

うみちゃんが舌の上で黄色い甘みを味わいながらそう言った。

「な、なんで、そんなに好きなん……？」

「ふふ、心音先輩よくぞ訊いてくれました。理由はシンプルなんですが……でももったいぶっちゃお。いつか話します」

唯ちゃんがへへへと笑っていると、後ろのほうからうきうきとした話し声が聞こえてきた。

「今日昼休み、中庭で高橋先輩見かけちゃった」

「うそー！　いいなぁ」

どうやら後輩の女の子のようだ。うみちゃんと唯ちゃんとなんとなく目配せする。盗み聞きするつもりはないけれど、彼女たちはずいぶん興奮した様子で、どんどん声が大きくなっている。意識せずとも勝手に耳が会話を拾ってしまう。

「でね、また瀬戸先輩とふたりで喋っとって」

「ぎゃ、羨まし！　絵が綺麗すぎる」

「分かる、〝絵〟よね、あのふたりは。しかもさ、高橋先輩が瀬戸先輩になんか耳打ちしてて。距離0センチやった」

「尊すぎだが？」

そのふたり組は息を荒くして私たちを追い抜いていった。何やら既視感のある話題だなと思っていると、唯ちゃんが言った。

「一年生の子たちにも人気なんですねぇ。先輩方は」

さして珍しそうでもなく、さらりとしたテンポで唯ちゃんは続ける。

「先輩たちふたりとも、モテるのに彼女作らんから、どこか神格化されてるところありません？」

「たしかに。ふたりの恋愛の話題って聞いたことないかも。千景くんの初恋のエピソードくらい？」

「ですかねぇ。そういえば千景先輩に告白した友達は、バンドを理由に断られたって言ってましたけど」

「あぁ、それは本心やと思うな」

はひ、と心臓が動悸を速める。やはり彼の中の優先度としては、ayame.が最も高いのかもしれない。

「あと、高橋先輩に気持ち伝えた子も周りにいるんですけど、なんか、『ごめん』としか言われないらしくて。それもみんな」

「へぇ。まあ、彼らしいと言えばそうやけど」

「その謎めいた感じもちょっとウケてるみたいですよ。高橋先輩、実は禁断の恋をしてるんやないかとか」

「ふふふ、どうやろ。まぁほんとうのところは本人しか知り得んからね」

「ですね。勝手な詮索や憶測はよくないですけど、でもそれだけ噂がひとり歩きしちゃうっていうのはやっぱりスゴいですよ」

うん、と私は相槌を打ちながら、口の中でパインアメを転がす。アメと恋心は似ている。どんなものでもちゃんと甘いところ。口の外に出さない限り、舌の上でゆっくり溶けてそのまま飲み下されるところ。そんなことをぼんやり考えていると、「あっネコ！」と、唯ちゃんが野良猫めがけてぴゅーと駆けて行った。

「心音ちゃん」

うみちゃんが内緒話をするみたいに、私の耳元で声を潜めて言った。

「今朝、生理きた」

えっ……！　と大きな声が出そうになるのを、口から飛び出す直前で堪《こら》えた。

「心配かけてごめんね」

申し訳なさそうにして笑ううみちゃんが、そっと手を合わせる。彼女の晴れやかな表情に触れ、心にぶわっと爽やかな風が吹いた気がした。

「よかったね……！」

彼女に耳元で伝えると、私たちは唯ちゃんのもとへダッシュした。三人で猫とぞんぶんにたわむれてから、仮スタジオへ向かった。


バンド練習は回数を重ねるごとにどんどん濃密になっている手応えがあった。学校終わり、日が暮れるまでの約2時間。セッティングや片付けも含めての時間なので、練習できるのはだいたい二、三曲。カバー曲の完成度はかなり高まりつつあると思う。演るたびにメンバーそれぞれの個性と表現力が豊かに立ち現れ、そのサウンドに私の歌も引っ張り出される。その瞬間の、びりびりと心が震える高揚は、他では得られない。オリジナル曲は、骨組みは整ってきたとはいえまだ手探りな部分も多く、演りながら足したり引いたりして作り上げている真っ只中だった。

来週の練習日はちょうど終業式。みんなのバイトとの兼ね合いもあるけど、来週から夏休みに突入するので、それからはより長く練習時間をとれるだろう。

バンド練習を終えて後片付けをしながら、私はハッと思い出した。

『ライブ前になると防音完備のスタジオ借りて、練習したりもするよ』

出会ったばかりの頃、うみちゃんがそんなことを言っていた。目まぐるしい毎日を乗りこなすのに精一杯で、バイトを探すのをすっかり忘れていた。

どうしよう……という言葉は胸の内だけで呟いたつもりだったけど、口から漏れていた。私はよくこれをやってしまうらしい。

「ん?」と、瀬戸くんが首をかしげた。

「何、なんか消化不良なところあった?」

「あぁ、ううん……! バイトを……」

「えっ、心音ちゃん、バイトはじめたん?」

うみちゃんが驚いたように言った。私はかぶりを振る。

「いや、まだっ……これから探さなきゃいけんことを、今、思い出して」

「あっ」

その声に、みんな一斉に振り向く。高橋くんの声だった。集中する視線にたじろぎながらも、彼はきれいな笑みを見せながら言った。

「うち、ちょうどひとりバイト探しとったよ。夏休みの繁忙期限定やけど」

「あぁ、玄弥のバイト先のカフェ、夏休みになると海沿いにキッチンカー出すもんな」

「そ。新しい子決まっとったみたいなんやけど、まさかの年齢詐称でな。中学生って分かって採用取り消しになったんが、昨日。期間限定やけど、それでも良かったら」

「や、やりたい……っ!」

受験勉強のこともふまえると、短期間で雇ってもらえるところが一番ありがたい。前のめりで返事をする。

「うん。おっけー。一応面接とかもあると思うけん、店長に詳細聞いてあとでメッセージ入れとくな。あ、これ店のカード。ホームページとかなんとなく見といてもらえたら」

高橋くんは財布から名刺サイズのカードを一枚取り出し、渡してくれた。

「わぁ、みんなで遊びに行きますね」

「ま、まだ決まってないけど……働けるように、頑張る」

黄色をメインにデザインされたシンプルでおしゃれなカードを生徒手帳に挟んだ。

全員で仮スタジオを出ると、ねっとりした夕方の空気が襲ってくる。私たちは花びらが散っていくみたいに解散した。


夕食後、机の引き出しからまっさらな履歴書を取り出し、リビングのテーブルでさっそく記入欄を埋めていった。

「なんやそれ?」

父が肩越しに覗き込んできた。そうだ、気持ちばかりが先回りして、父にきちんと話していなかった。

「お父さん。私、夏休みの間だけ、バイトやろうと思っとる」

「ええ、今年は受験生やし、バイトはせんのやなかったか?」

「そのつもりで、去年からお金貯めとったんやけど……ライブ前はスタジオ借りたり、もう少し必要になるけん」

「それなら、小遣い渡すのに」

「ううん、自分でお金作りたくて」

「心音、なんやどんどんしっかりしていくなぁ」

父が目尻にしわを寄せ呟いた。その目の奥が、一瞬寂しげな色を宿しているように見えた。けれど、父はいつものように調子良く笑った。

「まぁ、好きなようにやりぃ」

「うん、ありがとう」

「おう」

「お父さん」

「なんや？」

「久しぶりに映画観らん？　今日はお父さんのおすすめ観たい。ホラー以外」

「おっ、任せろ。ちょうど俺もなんか観たい気分やったとこ。洋画？　邦画？」

「それも任せる」

「よし、ちょっと待っときぃ」

DVDを取りに行く父の背中に、お祭りみたいな楽しい気配が滲んでいるのがなんだか可愛かった。履歴書の残りの欄を書き切るとキッチンに立ち、ふたりぶんのアイスコーヒーを用意して父を待つ。

「『ストレイト・ストーリー』、これどうや？」

デヴィッド・リンチ作品の中で、最も心温まる最高の映画だ。うん、と頷く私に、父は嬉々としてDVDをセットし、照明を暗くした。

二日後、日曜の午前中、開店前のお店でさっそく面接を受けることになった。バスで二駅の距離だったので、自転車を引っ張り出し、ぐんぐん漕いで向かった。

海沿いにある小さなカフェは、ウッド調の外壁が植物の蔦《つた》で品よく覆われていて、夏の陽を吸った緑の匂いをむんむんと放っている。内装も木製の家具を基調としていてあたたかみがあり、店内はレコードがかかっていた。ほのかに香るコーヒーの匂いが緊張で固くなった心をそっと撫でる。

居心地のいい店内に見惚れていると、キッチンから三十代後半くらいに見える、店長らしき男性が出てきて、奥の部屋に案内された。

面接、と言ってよいのか分からないくらいラフなやりとりをいくつか交わすと、やっぱり店長だったその人は話をしめるように言った。

「じゃあ早速来週から入ってもらっていいかな。高橋くんとふたりでキッチンカー担当してもらえると助かります」

面接開始からおよそ10分で、店長はにっこりとした。

「あ、ありがとうございます、よろしくお願いします……っ」

私はまだ実感が湧かないまま、お辞儀をした。こんなにあっさり決まったのは初めてで拍子抜けしてしまう。

「うち、こんな感じ。基本的にゆるいけど、時間にだけは厳しいけん、そこだけ気をつけて」

部屋を出ると、カフェのエプロンをつけた高橋くんがこっそり教えてくれた。

私はそのままお店に残り、開店時間になると、お客さんとしてカフェラテを注文した。まったりした深みのある味わいを楽しみながら、先ほどの面接内容を思い返す。履歴書にはキッチン希望、と記入していた。

『キッチンカーは若い子たちがやってくれると助かります。見た目のきらきらは大事です。接客は苦手、と書いてあるけど、お友達と一緒なら大丈夫でしょう。高橋くんフォローうまいし。夏休みの海はお客さん多いからね、正直稼ぎ時です』

そう丁寧な口調で店長に微笑まれた時、自分でも驚くくらい抵抗なく、「はい……！」と頷くことができた。いつもの癖みたいなもので、履歴書には裏方の希望を記していた。でも今の自分はちゃんと新しく更新されているのだから大丈夫だと、はっきりと思えたのだ。

カラン、と入り口のカウベルが鳴る。ぱらぱらとお客さんが増えてきた。私はお会計を済ませて、軽い足取りでお店を出た。

その夜、海辺でギターを爪弾いていると、久々に瀬戸くんと遭遇した。

「ここで会うの、結構久しぶりやなぁ」

瀬戸くんはコンクリートの階段をゆっくり下りてくると、隣にあぐらを掻いた。

「最近は……走っとらんの？」

この場所で久々に会えたことが嬉しすぎて、顔がにやにやしてしまう。それを抑えようとしすぎて、逆に素っ気ない言い方になってしまった。恋心というものは、いつになったらうまくコントロールができるようになるのだろう。波打ち際でちらちら光る夜光虫を見つめるフリをして、そっと彼の横顔を窺う。

「そうやなぁ。なんや、部屋に籠もってギター弾いて、気づいたら夜更けになっとることが多かったかも。でもちょこちょこ散歩はしとったけど、あんまりタイミング合わんかったな」

「そっか……！　本番、近いしね」

「ん。お、そういやバイトどうなった？」

「あっ今日、面接行ってきたよ。無事、決まって、高橋くんと一緒にキッチンカー、担当することになった」

「へぇ、いいな」

「うん」

「水原さん、どんどん歌良くなってってる気がする」

瀬戸くんの言葉に不意を突かれ、指先からはらりとピックが滑り落ちる。動揺を隠すように、そしていつかの二の舞にならないように、私はパッと拾い上げる。

「いや、えっと、ありがとう……」

「俺はなんかだめ、調子悪いなぁ」

え、と思って彼を見た。瀬戸くんの横顔は夜闇に溶け込み、表情をなくしているように見えた。

「瀬戸くん、何かあった……？」

私の問いかけは、夜の静寂の中に埋もれていった。やっぱり、彼の様子はいつもと異なる気がする。分厚い雲が月を覆っていて、海辺は暗闇が満ちている。

「はは、なんか最近いつもミスらんところで間違えたりしてさ。暑さにやられとるんかも」

瀬戸くんが、さっきまでの沈黙などなかったみたいに、なんでもない顔で笑った。その口ぶりから、瀬戸くんは何か言葉を濁しているのではないかと、直感的に思った。けれど彼が言い淀んだことを掘り下げていいものか分からず、そのまま会話を続けた。

「そう、かな……？　私は、あんまり気づかんかった」

「俺、誤魔化して弾くの得意。って、そんなん自慢にならんなぁ」

「それも、ひとつの技術やって思う。私は、ミスすると焦ってボロボロに崩れてしまうもん」

「でも水原さんめったにミスせんやんー」

「ま、まぁ……」

「な、せっかくここで会えたし、また聴かせてよ。俺、水原さんの弾き語り好き」

私の脳内で、好き、というフレーズが、リリックビデオの歌詞みたいにドーンと目の前に押し出される。「好き」って魔法の呪文みたいな言葉だ。その短い一言で、人の心を惑わす力がある。

指先でギターのボディを軽く叩き、カウントを取った。おへその下あたりを大きく膨らますように息を吸い、オリジナル曲を弾いてみる。あごを揺らしてリズムをとる瀬戸くんが、さりげなくハモってくれる。低音の声が加わることで、歌自体に奥行きが生まれる。このハモリはついこの間のバンド練習で、高橋くんが瀬戸くんに提案し、採用された。作曲者であるとはいえ、こういうことをさらりとできてしまう瀬戸くんは、やっぱりすごいなと改めて思った。

「くぅ――っ。名曲！」

歌い終えると、瀬戸くんらしいやんちゃな笑顔を見せた。

「そういえば、この曲ずっとタイトル未定のままやけど、どうするん？」

「えっと……『夜光』にしようと、思っとるんやけど……」

夜光。どんなに暗い夜の中にいても、たしかに灯り続け、道を照らしてくれる、光。

「はい、採用」

「は、早いよ」

「だっていいもんはいいし。んじゃあ、タイトルも決まったし俺行くなぁ。また学校で」

瀬戸くんは風のような身軽さで、ふわりと腰を上げて立ち去っていった。私はとくんとくんと甘い音を立て続ける左胸の余韻をそっと包み込みながら、ゆっくり遠ざかっていく彼の背中を見送った。

＊

終業式は午前中に終わるため、実質その日の午後から夏休みとなる。この日はお昼をみんなで適当に食べて、そのまま仮スタジオで練習する段取りとなっていた。

朝、登校して教室に入ると、バッグの中でバイブ音が鳴った。

スマホを取り出してメッセージを開く。瀬戸くんからだった。

ガラ、と前方の戸が引かれ、先生が重たいまぶたを無理やり引き上げたような顔で教室に入ってきた。

「はい、おはようございます。今日は終業式なので、体育館に移動しようかね」

先生の声を合図に、みんな席を立つ。夏休みがはじまる興奮が生徒の体から湯気のように放たれていて、話し声はなくともどこか騒がしい。私はそろそろと人目を盗み、お手洗いに忍び込んだ。そうしてしばらくそこで暇を潰し、どのクラスの気配も消えたことを確認すると、別棟のほうへ向かった。

屋上の扉はもちろん開いていた。

「あ、サボりぃー」

瀬戸くんが初めて飛行機に乗る小学生みたいな浮かれた表情で言った。

「瀬戸くんも、同罪……」

「へへ、この後鍵返す約束になっとるから、これで屋上使えんの最後。切ないなぁ」

「うん、さみしい」

胸の中の言葉をそのまま口にすると、「お〜」と瀬戸くんが間延びした声を上げるから、首を傾げる。

「水原さん、ほんとによう喋るようになったよなぁ」

瀬戸くんが、成長した雛鳥を見るような眼差しを向けてきて、ものすごく恥ずかしくなった。

「そ、そうかな……」

「歌がそうさせとるんか、夢がそうさせとるんか」

たしかに、以前の自分と比べれば今の私はずいぶん饒舌《じょうぜつ》だ。瀬戸くんの言う通り、それは歌のおかげでもあり夢を見つけたからでもある。そしてそのきっかけを作ってくれるのはいつも瀬戸くんで、彼の存在が、いつだって私の心を優しくほどいてくれる。

「終業式自体は意外とすぐ終わるよなぁ」

「うん」

「みんなが教室戻ってくるタイミングで、うまく紛れるかぁ」

屋上にいられるのはもうあと少しだろう。ここにはざらついたコンクリートとフェンスと給水塔、それから果てなく広がる空しかなくて、なんだか世界に私たちだけしかいないみたいな気分がしてくる。すごく好きな時間だった。

今日は夏風がよく吹いている。最近手に入れたヘアアイロンで整えた前髪がいとも簡単にさらわれてしまう。前髪はもう諦め、右頬で波打つ髪を耳にかけた。

「水原さんって、ずっと髪型ボブ？」

瀬戸くんがいきなり訊いてきた。

「えっ、うんと……あ、中学生からそうかも。もっと小さい頃は長い時もあったけど」

「そっか。俺さ、小さい頃、水原さんくらい長かったんよ」

はは、と笑みを含ませ、瀬戸くんが言った。

「女顔やからって、母親に伸ばされとったんやけど」

「うん、前に、高橋くんから聞いたよ」

「嘘。あいつ、なんか言うとった？」

「ううん、女の子みたいに可愛かった、とは言っとった気ぃするけど……」

「あいつ、ようからかって〝ちかげちゃん〟とか〝ちーちゃん〟とか呼んだりして」

瀬戸くんがぶつぶつと呟くように声をこぼす。その横顔が悔しそうにも懐かしそうにも見えて、幼少期のふたりの戯《じゃ》れ合う姿がまざまざと浮かんできた。その光景の微笑ましさに、ほんのり胸が温かくなる。

「……ま、それはいったん置いといて、そろそろ戻る時間帯かも。行こ」

たしかに、体育館の方角から一気にがやがやとした声や物音が聞こえてきた。終業式の校長先生の話って、もっとずっと長くなかったっけ。ここにいると、時間のかたまりは坂道をくだるオレンジみたいな速度で、あっという間に過ぎていく。私たちは惜しむように最後の屋上の景色を目に焼き付け、ガチャリと扉を閉めた。

お昼時のマクドナルドは、ほとんどの席を学生たちが埋めていた。注文を済ませると、おしゃべりで賑わう人と人の間をすり抜け、テーブルについた。

「ん〜〜この夏限定のシェイク、やっぱり美味しいです」

唯ちゃんが瞳をうるんと光らせて言った。

「唯にとって、これって夏休みの味なんですよね。毎年飲み過ぎて」

「唯ちゃんは好きなものにひたむきやなぁ。僕もシェイク頼めばよかった」

「唯は何ごとにも一途なんです」

そんな世間話を交えながら、私たちは今後のバンド練習スケジュールを練った。

「五曲通しで練習もしていきたいよなぁ。まだやってみたことないし」

瀬戸くんが腕組みをし、斜め上あたりを見つめる。これは考え事をする時の彼の仕草だ。テーブルの真ん中には、裏返しにされたプリントが一枚。全員ぶんのバイトスケジュールがメモされている。

おそらく彼の中で、建設的なプランを思いついたのだろう。瀬戸くんは結んでいた口をゆっくり開いた。

「本番までだいたいあと一ヶ月やろ。前半はこれまで通り、週一で玄弥ん家で練習させてもらう。3時間は欲しいかなぁ。で、本番前に二、三回は防音設備の整ったスタジオ借りて入る。そこで最終調整。こんな感じでどう?」

「僕はいいと思う。うまいとこ、バイトの休みも合わせられたし」

「うん。練習時間はじゅうぶん確保できとるんやないかな。私はいいと思う」

「唯もです!」

「私も、賛成……!」

「よっしゃ、じゃあそんな感じにしとこか」

みんなが同意し、ライブ本番までの道のりが見えてきた。思えば、ayame.で歌うようになってからは、日々目まぐるしく変化して、瀬戸くんに声をかけられた五月のことがもっと昔のようにも感じるし、つい最近のようにも感じる。濃密な数ヶ月間だった。ひとりそんな感慨にふけっていると、ずず、と残りのシェイクを飲み干した唯ちゃんが、ふと思い出したように訊いた。

「そういえば、この間テスト前に集まった時に進路の話になったんですけど、うみ先輩ってどうするんですか?」

「私は、隣県の大学受けようと思っとるよ。教育学部」

「へ！　うみ先輩、先生になるんですか?!」

「ふふ、言っとらんやったかな？」

「僕も知らんかった。なぁ千景」

「おう。でも向いとる気するなぁ。村瀬教えんのうまいし」

実は、妊娠検査薬を扱ったあの日に、私はそのことを聞いていた。高校を卒業したら、彼氏さんと一緒に暮らすということも。

「うち、母親が隣町で中学校の教師やっとるんよ。それで、ずっと憧れがあってさ」

うみちゃんが少し照れ臭そうにして、アイスコーヒーを口に含んだ。うみちゃんはどんな先生になるのだろう。男子生徒の人気が集中してしまいそうだ。

私はそんなことをしばらく空想していたけど、我に返ってピッと背筋を正した。

「あの……」

私は声を押し出し、小さく挙手をした。みんなの視線が集まる。

一度は否定したことを、私はふたたび言い直そうとしている。瀬戸くんは認めてくれたけど、他のみんなはどう思うだろうか、と緊張が心臓を撫でつけてくる。それでも、私は言葉にする。

「わ、私、やっぱり、音楽続けたいって、思っとる……っ。歌を届ける人に、なりたい」

緊張すると、まだ言葉の詰まりが顕著に出る。けれど、声がひっくり返ろうが最後まで言葉を紡ぐ。みんなに、きちんと自分から話したかった。〝瀬戸くんがいないと歌えない〟問題は未解決のままではある。けれど、それだって絶対克服できるんだという自信が、この時の私には不思議なくらいみなぎっていた。

「わっ、心音先輩、唯応援します！　ていうかみんな応援してますよ、ねっ、高橋先輩」

「もちろん。じゃあ水原さん、進路どうするん？」

「東京とかも考えとるんですか⁇」

「あれ、結局進学？　就職？」

唯ちゃんと高橋くんが餅つきみたいに息を合わせて質問を折り重ねてくるのに、必死についていきながら、私はそれにひとつひとつ答えた。

「えっと、地元の大学に、進学するつもりで……音楽活動はネットとかも使いつつ、いろんな情報集めながらって、考えとる」

「あっいいと思います！　それに、今はネットやSNS上でのスカウトも多いって、テレビ番組で言ってましたし」

「で、声がかかったら上京するってことなん？」

高橋くんがまじまじと言うから私は慌てて首を振った。

「急に、話が飛躍しとるよ……っ」

「でも、心音先輩はいずれ東京に行くことになると思います。唯の直感はよく当たるのです」

唯ちゃんの言葉は、どこかベテラン占い師のような説得力があって、私は苦笑してしまった。

東京、と心の中で反芻《はんすう》してみる。ファッション、音楽、芸能……あらゆるエンタメのトレンドの発端となる場所。そしてその土地特有の夢の匂いを求めて、多くの若者たちが集う場所。

上京するという選択肢が、よぎらなかったわけではない。あがり症だって、もうずいぶん改善されてきている。東京に、今の偏差値で狙える大学がないこともない。

けれど、自分がその場所にいるイメージがどうしても湧かないのだった。時代の恩恵を受けられるのであれば、私はネットを駆使するなどして、できるだけ父と地元で暮らすことを優先したかった。

「ま、未来のことは誰にも分からんし。まずは半径五メートル以内にあるものに目を向けよ」

瀬戸くんが話を結び、私たちはトレイを片付けてマックを出た。


仮スタジオはありがたいことにクーラーが設置されている。けれどひとたび演奏がはじまれば、いつの間にか皮膚の内側が火照りだし、ぶわっと汗が滲んでくる。

「今日、通しでやってみよか」

音出しも兼ねて数曲演奏してみた後、瀬戸くんが言った。

「本番は持ち時間30分やし、ＭＣはほとんどなくていいと思っとるんやけど、バンド名と曲フリはやりたいなぁ。いつもボーカルに任せとるんやけど、水原さん、お願いしていい?」

「う、うん……っ。それぐらいなら、喋れる」

「おっけー。じゃあ、動画回しながらやってみよ」

そうして、初めての通し練習をしてみたら、分かったことがいくつもあった。まず自分の歌に関して。これまでは一曲ごとに練習していたので気にしていなかったけど、五曲通して歌うには、曲間で必ず給水のタイミングを作らないと、喉が持たない。ひとまず、二曲目と四曲目のあとに、水を飲むことにした。次曲への繋ぎはスムーズなほうがもちろんかっこいいけど、消費した喉を速やかに潤さないと、今の私の技量では後半の歌が右肩下がりに崩れてしまう。それと、通して音楽を奏でていくうちにどんどん気持ちが高揚して、アドレナリンがぶわぁっと分泌されていくため、どうもリズムが走ってしまうきらいがある。ドラム・ベースのリズム隊から自分の声がはみ出していることを自覚し、すぐに修正できればまだいい。けれど動画を確認すると、時には四小節ぶんも走っている曲もあったりと、聴くに堪えない。そんな反省点の数々を、全員で語り合った。どうやら走ってしまうのは私だけでなく、メンバーそれぞれ心当たりがあるようで、心のスピードと演奏のテンポをうまく擦り合わせつつ、でもテンションは高いまま演奏することを目標に掲げた。

それからもう一度通しで演奏し、また動画をチェックして話し合ったりしていると、あっという間に時計の針は夕方の時刻を指していた。

「なんとなく、新たな課題も見えてきたな。ってことで、今日はこの辺でお開きにしよか。くわー、指いてぇ」

瀬戸くんが手首をぷらぷらと振りながら言った。みんな額や首筋にじんわり汗が噴き出している。「お疲れさま」と声をかけ合うと、私は水をごくごくと喉に流し込んだ。

ふと、そういえばこの間、海辺で瀬戸くんは「調子が悪い」と言っていたけれど、今日の演奏を聴いていても、私にはやっぱりそうは思えなかった。自分のことに精一杯で気づかなかっただけだろうか。それに、あの日のどこかセンチメンタルに見えた横顔は、今は砂浜に書いた落書きみたいにすっかり消え去っていた。あの会話は私の妄想だったのではないかと疑いたくなるくらいだ。終業式の屋上でも全く変わった感じはなかった。

けれどこの一週間後、瀬戸くんの、光の粒を集めたみたいな笑顔の裏側に、ずっとひた隠されていた真実を、私たちは知ることになる。

8

夏休み開幕と同時にスタートしたキッチンカーのバイトには、順調に慣れていった。海のすぐそばの広場にキッチンカーは設置されていて、店長お手製である北欧風にデザインされた車の外装は海によく似合い、そのおしゃれな出で立ちは海水浴にくるお客さんの興味を引いた。初出勤が土曜日だったこともあり、目が回るような忙しさに、初日はもたついたり脳がショート寸前に追い込まれたり大変だった。けれど高橋くんの教えのもと、だんだん作業しながらも接客できるようになったりと、日々バイトスキルが上がっていくのをひしひしと体感していた。

バイト五日目のこと。

「おお！　先輩方、やっとりますねぇ」

「どう、忙しい？」

ひょこ、と野うさぎのように姿を現したのは、色のついたサングラスをおでこにちょこんとひっかけた唯ちゃんと、麦わら帽子をかぶったうみちゃんだった。

ふたりは黒板に書かれた店長の手書きイラスト付きのメニューを興味深く眺めると、唯ちゃんはパッションフルーツジュースを、うみちゃんはアイスコーヒーを注文した。

「ふたりとも今日は休み？」

ドリンクを渡しながら高橋くんが尋ねると、「これから唯たちもバイト向かうところですう」と、唇を尖らせた唯ちゃんがげんなりした顔で言うから笑ってしまった。

「千景くんも誘ったんやけど、なんや忙しいみたいで」

「あぁ、あいつはなぁ」

「高橋先輩、心音先輩が変な男にナンパされんよう、見張っとってくださいよ」

「いや、私なんか全然……高橋くんが、すごくて、アルコールがよく捌《は》けるんよ」

「はは」

「はは、じゃないですぅ。先輩、満更でもないみたいな顔やめてくださいー」

「玄弥くんはお姉さんに人気なんやねぇ。さ、唯ちゃんそろそろ行こ。またね」

高橋くんをやいやいと茶化し、ふたりは波のような奔放さで去って行った。

「瀬戸くんって、その、どうかしたん？」

ふたりの影が小さく遠ざかった頃、私は高橋くんにさりげなく訊いた。彼がカップを補充しながら、目線だけこちらに向ける。

「いや、どうも、今週はバタバタするらしい」

「そうなんや、バイト……？　かな」

「ううん、どうやろなぁ」

カップを手際よく扱いながら、高橋くんはあいまいな返事をした。彼が口を閉じてしまい、なんとなくそれより先を訊けずにいると、お客さんがやってくる。

「どうも～。ってあら、心音ちゃん」

黒の半袖カットソーとベージュのストレートパンツという格好のお姉さんが、カウンター前に立っていた。

「あ、汐里さん、お久しぶりです……！」

汐里さんは涼しげな目元を細めて、「うん」と微笑んだ。高橋くんのお姉さんと会うのは、あのうどんをごちそうになった日以来だった。

「あれ、仕事中……？　どうしたん？」

高橋くんがカップの補充を済ませ、すっと立ち上がる。

「お客さんにこの辺りの物件案内してきたところ。玄弥やっとるかなぁと思って覗いてみたら、心音ちゃんもおるやないの」

汐里さんは不動産会社に勤めていると聞いていた。ジャケットこそ小脇に抱えているものの、私たちのラフな格好と比べるとひどく暑そうだ。それなのに、彼女は汗など知らぬ国の人みたいにさっぱりした顔をしている。

「ここのメニューって相変わらずおしゃれで迷うわ……アイスフルーツティーひとつちょうだい」

汐里さんは涼しげな顔で、白桃とオレンジを茶葉と混ぜた人気メニューを指差した。彼女の人差し指のシンプルなシルバーリングに日の光が反射して、つるりと光る。

「少々お待ちくださいー」

「玄弥、愛想ないなぁ。お客さん来んくなるよー。ねぇ？」

汐里さんがくくっと笑うから、私は「とんでもない！」と首を振りまくった。隣で、高橋くんがサーバーを扱いながら「そういうことや」とドヤ顔をするから、汐里さんがまたにやにやとする。

透明のドリンクカップには、注ぐ量の目安がある。高橋くんがそれよりほんの少しだけ多く注いでいるのを私はこっそり見ていた。

「はい。仕事、頑張って」

姉弟独特の気だるいような照れ臭いようなものを含んだ声で、高橋くんはアイスティーを渡した。汐里さんは「ありがとー」と受け取ると、ぽってりした唇をまっすぐストローに寄せた。白い喉が勢いよく波打つ。

「ん。美味しい〜。あ、なんていうか」

汐里さんはにこにことアイスティーを味わいながら、何か言いたげに言葉を探している。

「この味わい、心音ちゃんに似とる」

汐里さんが、まるで名推理を披露したあとの探偵のような決め顔で言った。

「口当たりはみずみずしくて、一見大人しそうに思えるけど、実は甘いだけじゃなくてキリッとした酸味もある、みたいな」

「へっ、あ、えっと、ありがとうございます……！」

突然フルーツティーにたとえられて呆気にとられていたけど、褒められたのだと気づき嬉しくなる。ぺこりと一礼をした。

「あはは、じゃあ仕事戻るね」

汐里さんはくるりと踵《きびす》を返し、颯爽と町のほうへ歩き去って行った。その背中を見ながら私も名探偵のごとくぴんときた。

「……高橋くんが人をお菓子にたとえるのって」

「うん、そうやと思う。というか完全にそう。姉さん、昔から人の印象を飲み物にたとえるみたいなところがあって。それがうつってしまいましたね」

「姉弟やね」

ほっこりした気持ちが込み上げてきて笑いかけると、高橋くんは海のほうを眺めたまま「そうやね」とぼそりと呟き、薄く笑った。


その日はやけに太陽がぎらついていたように思う。日陰を歩いていても、コンクリートから立ち上ってくる熱気に頭をやられそうだった。

ギターを背負い、建物や木の陰を縫うようにしてようやく高橋くんの家に辿り着くと、すでにみんなが揃っていた。

「おす。今日も暑くてたまらんよなぁ」

いつもと変わらない口ぶりで瀬戸くんが言った。私たちはペットボトルの水とか紙パックのジュースを飲んだりして、少しだらだらしたりしていた。

そうして先週のおさらいを踏まえてから練習を始めた。スマホで撮影しながら通しで演奏する。みんなで動画をチェックしていると、「暑いし、一回通すごとにしっかりめの休憩入れてもいい?」と瀬戸くんが提案する。全員一様に頷いた。練習と休憩の緩急をきちんとつけながら、本番に向けてパフォーマンスを仕上げていく。

予定していた練習時間も終わりに近づき、一日の総復習として最後の演奏を終えた時だった。

「ちょっと話したいことがある」

瀬戸くんは、今日の晩ご飯の話でもするみたいに、さも事もなげに言った。

「俺、手術することになった。心臓病の」


どのくらい沈黙が続いていたのかは、分からない。実際には数十秒くらいだったのかもしれない。

私の頭は、なんだか夢の中にトリップしてしまったみたいに意識が覚束なくて、感覚的には1時間くらいぼうっと立ち尽くしていたような気もする。

「え、えっと……？　千景先輩、悪いジョークですか……？」

沈黙を破ったのは唯ちゃんだった。彼女は笑おうとしていたけれどうまく笑えていなくて、混乱と不安を掛け合わせたような表情で、訴えかけるように呟いた。

「いやぁ、それがほんとう」

「ちょっと、よう理解が追いつかんよ……だって、それならこんな、練習なんてしとって平気なん……？」

うみちゃんが明らかにうろたえた声で言った。いつもしゃんと一点を見つめて話す彼女も、落ち着かないのかずっと視線が泳いでいる。高橋くんは黙ったまま、何種類もの感情を混ぜた複雑な顔色で瀬戸くんを見つめていた。

「ううん、どこから話せばいいんかな」

瀬戸くんはあっけらかんと言い、椅子に座ったまま腕組みをして、むむむと口を引き結び考える仕草を見せた。

しん、ぞう、びょう、という三音の衝撃を、私はうまく処理しきれなくて、声を引っこ抜かれたみたいに言葉が出てこなかった。

そんな私のことなど置きざりにして、瀬戸くんは淡々と話を続ける。スタジオの中はしんとしていて、この夏限りとばかりに懸命に鳴くセミの声が、耳の奥で小さく反響していた。

「俺、生まれつき心臓に穴空いとって。あ、抽象的なやつじゃなくて、マジなやつな。いわゆる先天性のもので。俺の穴は、大きさ自体は小さくて、その場合手術は適合されんで、経過観察になるんよ。症状でんまま年重ねていく人もおるし、成長する中で自然と塞がってしまう人もおるみたいやしなぁ」

手術とか適合とか、経過観察とか、言っている意味は分かるのだけど、全然頭に入ってこない。そもそも心臓に穴が空くというイメージができなくて、想像しようとするとおそろしくグロテスクな映像が再生され、無理やり思考を停止させた。冷たい汗が首筋をつたう。脈拍はずっと不揃いで、皮膚の裏側で暴れ続けている。セミの声がうるさい。

「やけん、俺もそんなに目立った症状でんまま、定期検診受けつつここまできたんやけど。俺、試験のあたりに風邪引いたやん？　あの辺からなんかいつもより治り悪いなぁと思ってさ。そしたら、心臓がなんやあんまり良くないほうに進んどるみたいで。合併症ってやつ？　んで、今週検査入院してきたんやけど、どうも手術は早いに越したことはないらしくてな」

瀬戸くんはうんうんと頷きながら話を続ける。この中で、この状況を納得しているのは、きっと彼ひとりだけだ。

「え、待ってくださいよ！　さっきから手術手術ってさらっと口にしとりますけど、そんなに、悪いってことなんですか？」

唯ちゃんが消え入りそうな声で訊く。私も訊きたいこと、話したいことはたくさんあるはずなのに、思考と言葉がうまく結びつかない。目の前のことを理解しようとすることでいっぱいいっぱいだ。

「まぁ今がめちゃくちゃ悪いっていうより、これ以上進行してしまう前に手術しとかんとって感じ」

瀬戸くんは、凪《な》いだ海のような穏やかさで言葉を紡ぐ。

「来週中には手術の日程でるみたいやけど、なるべく早くやれたらいいなぁ。ちゃんと成功したら、術後はライブもやっていいって。退院してすぐは傷大きいけん少し痛いかもしれんけど、激しく動かんならできんこともないって言われたし、それに」

「今はライブより千景の体調やろ」

瀬戸くんが言葉を話し切らないうちに、高橋くんが何かものすごいエネルギーを無理やり抑制したような、静かな声で言った。

「……ん、ありがと。手術の関係で練習入れん週とか出てくると思うけど、俺は本番も演りたいと、思っとる。やけん、早よ治して早よ戻ってくるな」

ふぅー、と瀬戸くんが深く、ゆっくり息を吐き出した。白いTシャツが心臓の動きに合わせて上下している。息が、苦しいのかもしれない。

「……うん、待っとる」

私は体じゅうでバラバラに散らばっていた声をかき集めると、その短い言葉だけ口から押し出した。瀬戸くんの病気がどのようなものなのか、今彼がどういった容態であるのかはまだ分かりきっていない。

けれど、私たちができることは彼を信じて待つことしかないのだ。

「はは、なんかそう改めて言われるとこしょばいな。ひとまず今日の練習は終わり。手術の日程が分かったら、連絡する」

瀬戸くんはそう気丈に笑い、立ち上がった。

「あんま心配せんとって。今はまだ症状も落ち着いとるし」

「分かった。けど千景は自分の体のこと一番に考え。やないと」

「あーもう分かっとるって。俺、運命には味方されるタイプやから」

さっさと荷物を片付けると、瀬戸くんは丈夫そうな肩にギターケースをかけ、「帰ろか」と、にっと白い歯をこぼした。セミの鳴き声はもう聞こえなくなっていた。


翌日、淡い光が差す朝の海沿いで、私と高橋くんはお互いに黙ったままバイトの準備をしていた。昨夜は瀬戸くんの病気について調べては、どうすることもできなくて不安になり、不安を振り払うようにまた調べた。その堂々巡りから抜け出せず、寝不足でかなり体がだるい。高橋くんはというと、私だけがおかしな夢にうなされていたみたいに、しんと静かな表情をしている。

「水原さん、千景のこと知っとった?」

高橋くんが作業をしながら、掠れた声で訊いてくる。準備を続けながら、小さくかぶりを振った。夏休みにはしゃぐ子供たちの声が遠くに聞こえる。

「ううん……全く、病気のことすら、知らんかった」

「そっか」

「だから、すごく、びっくりして……高橋くんは、聞いとったん?」

そっと横目で見ると、高橋くんの眉根を寄せた横顔が見えた。

「病気のことは、知っとった。付き合い長いけんね。あとのふたりは完全に知らんかったと思う。何日か前に、『病院行ってくる』とは言うとったけど、僕、いつもの定期検診なんやろなってしか思っとらんかった。あいつ、ほんとにいつもそう。肝心なことは後からしか言わん」

どこか力のない声で、高橋くんが話す。

「二年くらい前かな。バンド始める少し前に、ちょっと症状が出始めたみたいなんよ。それまでは完全に自覚なく過ごしとったらしいんやけど、時々脈が乱れるようになったり、体調崩しやすくなったり。あの時やって、それ知ったの診断結果が出た半年くらいあと。千景が陰で苦い顔して心臓押さえとったん発見して、問い詰めたらやっと言いよった。『まだ経過観察の範囲内やし、大したことない』ってへらへらしよったけど、あいつ、いつも周りに気遣いすぎ。手術のことやって、僕らに相談してくれてもいいのに。ひとりでぽんぽん決めよって」

高橋くんはむすっとしていたけれど、彼が放つ空気はほの温かかった。高橋くんは怒っているのと同じくらい、瀬戸くんを心配しているのだ。

気づいたら笑みがこぼれていた。それは優しいものに触れた時に生まれる、ほっと安心するような笑いだった。

「え、水原さん、なんで笑っとるん？」

「瀬戸くん、高橋くんみたいな親友がおって、いいなぁと思って」

彼の話を聞いているうちに、私の中の不安に似たざらざらした感情が波の音とともに洗われていくような気がした。

「親友というか、腐れ縁というか。まぁとにかく、僕らが何かを変えられるわけやないし、こうなったら水原さんの言った通り、千景を待つしかないよな。あいつすぐ平気なふりも無茶もするけん、そこらへん気にしつつ」

高橋くんがすっと目を細くして微笑んだ。私も力強く頷く。そうだ。瀬戸くんはずっと顔を上げ空を見ているのに、こっちがぐずぐずと不安になって下を向いてばかりではいけない。太陽に向かってまっすぐ伸びるひまわりみたいな瀬戸くんの、満開の笑い顔を、必ずまた見たい。それも潮野まつりのステージで。

「水原さんは、ねるねるねるね」

は、と私は一瞬ぽかんとしてしまったけれど、高橋くんが「うまいこと言った」みたいな顔をするから、この後の文脈がだいたい分かった。でも、一応訊いてみた。

「その、心は……？」

「練れば練るほど色や味が変わったり、膨らんだり、初めて会った時からどんどん印象が変わっていくから。今、なんやすごい心強いもん」

想像以上に嬉しい解説に、また笑みが込み上げてきた。

昨晩、瀬戸くんが抱える病気について、手術のことについて、またその成功率についても調べ上げた。データが全てではないとは理解しつつも、その数字は私をほっとさせるにはじゅうぶんに確率の高いものだった。大丈夫。きっと大丈夫。私たちは目に見える良い情報を信じるのみなのだ。

そう前向きに思えるのも、きっと今バイト先に高橋くんがいてくれたおかげだと思う。もしもひとりきりだったなら、持ち前のネガティブ思考に陥り接客などままならなかっただろう。私はふとした時に考えてしまう悪い予感を振り払うみたいに、日中はバイトに勤しみ、夜は歌って弾いて、ふわぁと眠気が脳をかすめると、糸がほどけるみたいに眠りについた。高橋くんもまた、自らメニューを持って宣伝したり、お客さんにお世辞を言って売り上げを倍にしたり、いつもよりもあくせく働いていた。

あるバイト終わりの日。夕方、営業時間を終えてキッチンカーを片付けている途中、私は高橋くんに断りを入れて、お手洗いに行っていた。

戻ろうとすると、キッチンカーの前に高橋くんと、男女のふたり組が見えた。一瞬、お客さんに何かいちゃもんでもつけられているのかと背筋に冷たいものが走ったけど、その誤解はすぐに解けた。

女性のほうは汐里さんだった。男性のほうは見かけたことがなく、遠目に見ても分かるくらい横幅が広くどっしりとした体格をしていた。顔は黒縁めがねの主張が強くていまいち見えづらいけど、素朴で優しい雰囲気は伝わってきた。その三人にどこか妙な空気を感じて、私はなんとなく駆け寄ることができず、近くの木の陰で様子を窺っていた。しばらくすると、汐里さんとその男性はくるりと振り返りこちらに歩いてくる。汐里さんと目が合った。

「心音ちゃん、お疲れさま。これ、差し入れ」

汐里さんはうきうきした声色で、私に冷えた缶を渡してくれた。可愛らしいデザインをしたアイスティーだった。隣の男性は間近で見てもやっぱりいい人そうな空気を纏っていて、大きい白熊みたいな印象を受けた。その彼が「やあ、どうも」とのんびりした声で深々と会釈する。汐里さんはにこりとし、相変わらず涼しげに手を振り去っていった。

早足でキッチンカーに戻り、片付けの続きに取り掛かろうとした時、私は「わっ」と手からふきんを落としてしまった。

高橋くんが、膝をぎゅっと折り、うなだれるように小さくうずくまっているのを見たからだった。

「た、高橋くん……っ?! 大丈夫、具合悪い??」

高橋くんは自分の腕にぐったり頭をもたれさせ、「……あー……」と唸りにもため息にも聞こえるような声を吐き出す。

「これ、ひとまず飲んで……っ」

そう声をかけて、私は先ほど貰ったばかりのアイスティーで、うずくまる彼の指先をノックした。高橋くんは缶をがしりと摑むと、思いのほかすぅっと直線的に立ち上がった。

「ありがと。うん、大丈夫」

具合の悪そうな声だった。無理やり口の端を持ち上げる高橋くんの顔色もやっぱりよくない。

彼には日陰で休んでもらうことにして、私は残りの片付けをせっせと済ませた。

「ごめん、全部任せてしまって」

キッチンカーを閉め、日陰に様子を窺いに行くと、高橋くんは砂浜へとつながる石段に腰掛けたまま、申し訳なさそうに呟いた。血色はだいぶ戻りつつある。アイスティーは彼の隣にちょこんと置かれていて、開けられていなかった。

「ううん、もうほとんど、終わりかけとったから……具合は……？」

「もう平気。ごめん、ほんと」

「あの、なんか、あった……？」

その時、「お疲れさまー。キッチンカー、もう回収して大丈夫かな？」と、背後から店長の声が聞こえてきて、私は振り返り頭の上で大きな丸を作った。店長も同じポーズを返し、青と白のペンキで塗られた車は派手なエンジン音を立てて走り去っていった。

赤い夕日が海に溶けていく。あたりには、これから夜の海を楽しむのであろう人たちが多くいて、彼らの放つわくわくした気持ちを吸った夕風が、黙ったままの高橋くんの髪を揺らしている。

彼は疲れたように髪を掻き分けると、ズボンのポケットから何かを取り出した。

「あ、飲みもの、あったんやね」

彼の手の中にはアイスココアの缶があった。そうか、私にだけ差し入れてくれるはずがない、と思っていると、缶の飲み口を指先でそっと撫でながら、高橋くんが呟いた。

「あの人の中で、僕はずっとお子ちゃんのままなんやろうなぁ」

どき、と心臓が大きく上下した。その指先の仕草は、ただ単に触れているようには見えなくて、どこか官能が忍んでいるように感じられた。

そして缶に触れる指先を見つめる高橋くんの横顔を見た時。

あ、と思った。

彼の心の内を、見た気がした。

彼はアイスココアではなくて、ただひとりの人を見つめていた。

「あの人、家に寄ってからそのままここに来たみたい。家族みんなに報告して、僕だけに言わんのも変やからってわざわざ伝えに来てくれて」

うん、と私は短く相槌を打った。

「結婚するって」

高橋くんは、指の隙間から少しずつ水がこぼれていくみたいに、ぽつぽつと声を落としていく。

「僕が小六の時に、初めて会うたんよ。ファミレスで、両親と僕と、姉さんと。その時は親から何も聞かされんで、どうして高校生の知らない女の人と家族でおしゃべりするんやろって思いながらも、ファミレスで好きなもん頼みまくれるのが楽しくて、あんまり深く考えとらんかった。姉さんは今よりもっと大人しい感じやった。緊張もしてたんやろうけど。そうやって何回か交流があって、今度は家で会うとなってなんでやろと思っとったら、『今日から玄弥のお姉さんになる』って父さんに言われて」

「うん」

吐き出したいのかもしれない。そう漠然と思い、私は彼の呼吸に耳を澄ませた。

「もちろんめちゃくちゃ戸惑った。そのあと父さんに経緯を説明されたんやけど、12歳の自分には冷静に考える余裕もなくて。けど親もなんや切実で、そういう動揺とか言いようのない苛立《いらだ》ちをぶつける気にもなれんで。どうしようもないなぁってひとりで嘆いとったんやけど、ある日、姉さんの体を見てぎょっとして。姉さん、ソファでうたた寝しとって、そしたらTシャツの下に青黒いあざがあるのがちらっと見えてな。それも一箇所やなくて、腕にも太ももにも。びっくりして声出したら姉さん起きてしまって。傷、痛くないのか、って僕ぼそぼそと訊いたんよ。そしたら、『体についた傷は、いつかそのうち治っていく。あんなやつに、傷つけられてなんかやらない。こんなもの、すぐに消し去ってやるんよ。だからちっとも痛くない』って、あの人はっきりと笑って」

高橋くんは呆れたように、あるいは愛おしむように、小さく微笑んだ。

「その笑顔が、あまりに逞《たくま》しくてなぁ。僕、親からなんとなく事情は聞いとったんよ。姉さんが、義理の父親から暴力受けとったこと。暴れる父親を止めようとして、母親が殴られて、母親を庇《かば》う娘も殴られて。心底ぞっとするよな。それで生みの母親が病気で亡くなって、残された手紙に、うちの父さんのことが書いてあったらしい。父さん自身、子供がおることすら知らされてなくて、驚いたって。けどその地獄みたいな内容を知って、引き取ることにしたらしい」

「それは、壮絶な……」

「そう思うやん？　でも本人は全然そんな素振り見せんの。絶対しんどかったやろうけど。かといって、僕らに気遣うみたいに無理やり明るく振る舞うでもなく、ただけろりと普通にその場に存在しよるんよ。その強さがな、あんまりまぶしくてな」

視線を合わさないまま、高橋くんはぽつりと声をこぼした。

「気づいたら、どんな瞬間でも目で追うようになってしまった」

彼はそう言い、伏し目がちに笑った。

「ずっと、好きやったの……？」

「うん。でも、そんなのおかしいよなぁ。姉さんをそんな目で見てしまうことにも罪悪感を覚えた。やけん、まぶしいものに焦がされてしまわんように、ずっと意識的に目を逸らしてきたつもりやった。けど結婚って聞かされた瞬間、鈍器で頭ぶん殴られたみたいな衝撃受けてしまって。ほんとどうしようもないし、きもいよな」

「そうは、思わん……！」

私は声を張り上げていた。胸がぎゅっと軋んで、泣きそうになる。私はあふれてくる言葉を声にする。

「……たしかに、どうしようもないのかもしれんし、どうすることが正しいのか分からん……でも、その気持ちは、おかしくないしきもくもない。誰かをかっこいいとか素敵だとか憧れたり好きになったりする権利はみんな等しくあると思う」

息継ぎもせずに言い切った。吐く息とともに肩が上下する。血の縛りがどれくらい彼の心を締め付け苦しくさせてきたか、私には分からない。けれど無責任と思われたって、彼に自分の気持ちを責めるようなことを言ってほしくなかった。

彼はすくりと顔を上げ、めずらしいものでも見つけたような、驚きに似た表情で私を見た。

「びっくりした、千景とおんなじようなこと言うから」

高橋くんがふっと笑った。それはさっきまでの虚《うつ》ろなものとは違う、いつもの彼らしい涼しげで優しい笑みだった。

「まぁ、いずれ姉さんが結婚することは分かっとったんやし。ずっと女々しいこと言っとってもしかたないよな」

高橋くんはアイスティーを取ると、「はい」と私に返した。

「僕、千景の手術の話聞いてから、最近よけいに思うんよ」

「え?」

「千景、多分自分の病気を知った時からずっと、もしかするといつか悪化するかもしれん恐れと、心のどこかで闘ってたんやと思う。やけん、止まっとったら死ぬんか? ってくらい、あいつ常に能動的で。それって、普通に、健康に過ごせることが当たり前やない自覚があるからこそやったんかなって。そう考えると、自分も立ち止まってばっかじゃいけんな、進まんとなと思う」

『迷うくらいなら、向こう見ずにでも進むかもなぁ』という瀬戸くんの言葉が蘇る。私も、高橋くんと全く同じ思いだった。瀬戸くんのひまわりみたいな明るさの裏側には、誰にも言えない、言わない、孤独や恐怖があったのかもしれない。彼が全力で1秒1秒を楽しもうとするみたいに、私も、ちゃんと自分が後悔しない毎日を積み重ねようと、改めて胸に刻んだ。

「乾杯しよう」

高橋くんがアイスココアのプルトップを勢いよく持ち上げ、半ば無理やり私の手の中の缶にぶつける。カチン、と金属音が鳴る。

高橋くんはごくごくと飲み切っていく。私が呆気にとられているうちに彼は一気に缶を空にした。

「……甘すぎて、しんど」

くしゃ、と缶を軽く握り潰し、高橋くんが呟いた。

風が私たちの髪をさらさらと撫でる。オレンジ色の光を受ける彼の横顔はどこか切なくて、だけどまっすぐな目をしていて、いい顔だと思った。高橋くんがゆっくり立ち上がる。私も腰を上げ、日に焼けた歩道をふたりで黙って辿った。


瀬戸くんから手術の日程を聞かされたのは、バンド練習の前夜だった。私はどんなにバイトで疲れていようが、毎晩ギターを背負って海辺へ向かった。瀬戸くんが来ることを期待して。けれど彼が現れることはなかなかなく、ひとりで歌っては帰る毎日だった。

その日いつものように海にいると、「よー」と、気抜けするくらいのんきな彼の声が降ってきた。久々にここで会えたことが嬉しい。その想いが滑稽なくらい私を緊張させた。

「元気、だった……?」

「先週会ったばっかやん」

彼が普段とちっとも変わらない気さくさで笑う。きゅうっと胸の真ん中が摑まれる。

私はバイト三昧の慌ただしい日々のことを話したり、父親の部屋から発掘した掘り出し物の映画の話をしたりした。その日は気持ちが逸っていて、いつもより少しおしゃべりになっていたように思う。

けれど、彼の口から紡がれる言葉に、私の声はだんだんとしぼみ勢いをなくしていくのだった。

「そういえばさ、手術の日程出た」

話の流れが途切れると、彼はなんでもない調子で口にした。急に沈黙が訪れる。波音も虫の声も聞こえず鼓動の音だけがばくばくと耳元で鳴る。

「言いづらいんやけど、手術、ライブの本番当日に決まった」

はっきりとした声で、瀬戸くんは言った。瀬戸くんはすっと顔を上げ、空を見上げていた。灰色の雲が月を翳らせ、星はひとつも見えない。

「……えっ、」

頭の中に言葉が浮かびすぎて、整理がつかなくて、結局それしか言えなかった。手術、ライブ本番、最後の舞台、心臓病、様々なワードが脳裏でけんかするみたいにがんがんぶつかり合う。

「やっぱ、手術って混んどるみたいでさ。この日を飛ばしたら、次は数ヶ月先になるらしくて。それやと、ちょっとリスキーやって」

声を失ったみたいに黙り込む私とは反対に、瀬戸くんは一切曇りのない声で、私にちゃんと理解させるように、きちんと順序立った言葉を並べる。

「……残念やけど、リードギターは他に弾けるやつに入ってもらって、どうにか本番やり遂げてほしい。投げやりみたいですまんけど」

「……いやだ………っ」

目の奥から熱いものが駆け上がってくるのを止められない。悔しくて悲しくてやるせなくて運命を呪いたくて、混沌とした感情が丸い雫に凝縮され、目からぼたぼたこぼれ落ちる。

「ここまでっ……みんなでやってきて、本番に瀬戸くんがおらんと、意味ない……っ」

「いいや。ここまでやってきたからこそ、潮野まつりには出るべきやと思う。というか、出てほしい」

「でも……っ」

「出てくれ……！　そうやないと、俺も報われん」

瀬戸くんが声を荒らげた。私はハッとして目尻をごしごし拭う。ごめん、と彼がぼそりと呟く。その横顔はひどく憔悴《しょうすい》していた。そんな顔を見るのは初めてだった。

「迷惑かけといて、さらにわがまま言うとるのは分かっとる。けど」

「迷惑とかや、ない！」

荒ぶった声で叫んだからか、瀬戸くんは驚いた顔をした。

「怒っとるやん」

瀬戸くんが、ようやく笑った。けれど私の気持ちの高ぶりはおさまらない。

「私は、片手間で人の運命決める、神様にむかついとる……！」

涙を堪えながら叫ぶから顔も声もぐちゃぐちゃだ。抑えきれない気持ちが爆発し、こみ上げてくる感情がそのまま口をついて出ていく。

「私、瀬戸くんがおらんと、歌えん……っ」

こぼした瞬間、自分の顔がかぁっと熱くなったのが分かった。でも、もう止めようがなかった。

「自分でも、びっくりしたっ……今まで、人前に立つと、緊張して声が引っ込んで、まともに歌えんかった……でも、なぜか、瀬戸くんの前では歌えて……っ」

瀬戸くんがすっかり目を丸くしている。それでも言葉は止まらない。ぎゅっと目に力をこめて、瞳を閉じたまま吐き尽くす。

「この前、クラスのみんなとカラオケ行った時も、やっぱり歌えんかった。どういう理屈なんかは自分でも、分からんけど、でも瀬戸くんがそばで笑っとると、なんか懐かしいような安心するような気持ちになってうまく力が抜けて、おらんとだめになる。そのくせ、一丁前にシンガーになりたいとか、おかしいよな……」

つむっていた目を開けると、瀬戸くんが明らかに戸惑った顔で小刻みにまばたきをしていた。

私はようやく我に返った。

「人前で歌えん、っていうの、断り文句で言うてるだけやと思っとったけど、そうなん……？」

「…………」

私は、自分の想いがバレてしまったんじゃないかと気が気でなくて、彼の問いかけにうまく返事ができなかった。視線の行き場を失いおどおどと目を泳がせていると、瀬戸くんの、思いがけない優しい声が返ってくる。

「俺、絶対大丈夫になるお守りあるんよ」

私はおそるおそる彼を見た。瀬戸くんは愉快そうに、顔じゅうの筋肉をゆるめるみたいににこぉっとした。

「てか、そもそもこれを渡しに来たんやけど」

そう言い、彼はズボンのポケットを探る。気づかれていない、と、私は自分の気持ちがバレていなかったことに安堵する。

「これ、水原さんに託す」

瀬戸くんが、私のものよりひと回りくらい大きなこぶしをまっすぐ突き出してきた。

そっと両手を出すと、青い花が二輪飾られたペンダントが、手のひらの上にしゃらしゃらとこぼれ落ちてきた。

「えっ、これ……」

私はペンダントと瀬戸くんを交互に見た。シンプルだけど小ぶりで可愛らしいそれは、おそらく女性用にデザインされたものなのだろう。

「……俺の、小さい頃からのお守り。不安も孤独も緊張も、そっと拭い去ってくれる花」

瀬戸くんが優しく撫でるような、柔らかい声色で言った。

「水原さん、大丈夫。俺がそこにおろうとおるまいとちゃんと声は出るし、水原さんの気持ちはちゃんと歌になる」

きゅう、とまた胸が甘酸っぱい音を立てる。瀬戸くんに優しく言われると、ほんとうにそんな気分になるから不思議だ。

「じゃ、俺戻るな。手術のこと、みんなには明日の練習の時に伝える」

まだ言っていなかったんだ、と口の中で呟く間に、瀬戸くんはさっと立ち上がり「また明日」とにんまり笑って去っていった。

「うん……っ！　あの、ありがとうっ」

彼の大きな背中に向かって叫ぶと、瀬戸くんは顔だけこちらに向け、人差し指を唇に当てるポーズを見せた。

秘密、ってこと……？　ペンダントのことを示しているのだろうか。その甘やかな響きにどきどきしながら、私はぶんぶん首を縦に振った。

見上げると雲が動いて、小さな三日月が光っていた。

9

「……そんなん、どうするんよ、千景がおらんって……」

高橋くんが、落胆よりも悔しさに近い表情で、声を絞り出した。練習前、和室に集まっていた私たちに、瀬戸くんは事情を話した。みんな昨晩の私と同じように打ちひしがれていた。

「すまん、本番の三週間前に。そんで身勝手に言うと、ギター入ってもらうなりして、俺抜きでもステージに立ってほしい」

昨日も同じ話を聞いたはずなのに、何度聞いても胸が重苦しくなる。また眼球が湿り出しそうだ。私はポケットの中でそっとペンダントを握った。大丈夫、大丈夫……。

「千景くんは、それを望むん？　自分の代わりに別の人が演ること」

うみちゃんが、まだ納得しきれないような声で言った。唯ちゃんも高橋くんも瀬戸くんを見つめる。みんなが、それは本音なのかと瀬戸くんの心を探っている。

「ん。もちろん本気で思っとる。まーそりゃ出たかったよ、めちゃくちゃ。けど決まったもんはしゃーないし。それにあの曲、自分が作った中で一番気に入っとるんよ。だから、でかいステージで演ってもらいたい」

瀬戸くんが、真剣な瞳でそう語った。その強い目が、言葉に嘘がないことを物語っていた。

「私は……やりたいと、思うっ……瀬戸くんのぶんまで」

ぐ、と握った手のひらが汗で湿っていた。彼のどうすることもできないやるせなさは、私たちが昇華させるしかないのだ。

「……ですね。もうこうなったら、千景先輩の病室まで届くくらい、爆音かき鳴らしましょう」

唯ちゃんが決意を固めたきりっとした瞳で言った。瀬戸くんがふっと噴き出す。安堵が滲む笑いだった。

「おー心強いわ。俺がヤバいとこまでいきかけても、バンドの音で目ぇ覚めそうやなぁ」

「千景くん、その手の冗談ほんっと笑えないんやから、今度言ったらみんなして口利かんくなるよ」

うみちゃんにキッと睨まれ、瀬戸くんは「ごめんて」と平謝りした。瀬戸くんの軽い口調に、凍りついていた場の空気が少し柔らかくなった。彼につられてだんだん、みんないつもの調子を取り戻していく。

「でも現実的な話、リードギターどうする？　たとえば水原さんは、どう？」

どう、というのはおそらく文脈的に、弾けそうか、という問いなのだろう。だとすると、私の中で答えは出ている。

「私の実力やと、クオリティの面で不安がある……バッキングでも結構いっぱいいっぱいやけん」

世の中には、ボーカルがリードギターも担うバンドがたくさん存在している。けれど、ひとえにギターの高い演奏技術が伴ってこそだ。無茶したい気持ちもあるけど、バンド全体の質を考えた場合、やっぱり他の誰かに入ってもらうのがベストだと思う。

「うん、大変よな。バッキングだけやとちょっと寂しいし、千景のコードを少し簡単にいじってもいいから、サポートでギター入れたい」

でもなぁ、と高橋くんはひとり言のように小さく呟く。サポートを入れたいと思う気持ちはみんな同じだけど、きっとみんな同じことで頭を悩ませている。

本番まであと三週間。残り時間が限られているぶんいち早く打診をしたい。けれど、この切実な頼みを引き受けてくれる人物は果たして現れるのか。

「ひとまず、唯の知り合いでギターやってる子に片っ端から声かけてみますね」

「うん、僕もそうする」

「俺もライブハウスで仲良くなったギタリストとか当たってみる」

「私は、正直パッと浮かぶ人はいないんやけど、探るだけ探ってみようと思う」

うみちゃんの言葉に続き、私も「同じく」と呟く。みんなの表情には深刻さよりも希望に近いものが浮かんでいるように思えた。確実な心当たりはないものの、「探せば見つかるはず」という祈りに近い期待を瞳の奥に宿していた。


しかし私たちの希望の灯火は、翌日の夜に行ったビデオ通話ミーティングで小さく萎んでしまうのだった。

「……今のところ全滅か」

高橋くんがそう呟き、スマホの画面越しにも分かるようにがっくりとした。みんなそれぞれのやり方で助っ人を探し、アプローチをかけてみた。ライブ自体に興味を持ってくれる人は多いものの、初見の曲をいちから練習する労力と、残されている練習期間の短さが、承諾までのひとつの大きな壁になっていた。

「難しいですね。唯の周りは、夏休みはだいたいバイトや部活で埋まっちゃってる様子でした」

うん、と瀬戸くんが相槌を打ち、口を開く。

「そうなるよなぁ。俺もバンドやっとる人らに連絡取ってみたんやけど、みんなバイトと自分のバンドのことで両手塞がっとる感じやった」

「まぁそうよね。でも、手を挙げてくれる人が現れんとは限らんし。私も引き続き探すけど、四人でライブする可能性も同時に考えたほうがいいかもね」

うみちゃんの意見に、みんなが重たそうに首を縦に揺らす。私もうなだれたくなる気持ちをこらえ、三角座りで「そうやね」と呟いた。その時だった。

「心音ー、食品庫にカップ麺なかったっけ。あれ食べてしもうた?」

父が部屋の扉の向こうでのんきに訊いてくるから、ピンポン球が跳ねるみたいにぴゅんと顔を上げた。突然入り込んでくる家族の声にみんなの表情がゆるむのが分かった。恥ずかしくてあたふたしていると、「あれ、心音おるかー?」と父が続けてくる。

「ちょ、お父さん待って、あとで説明する！」

そう叫ぶと、「おう、おったな。分かった」とゆるい返事がきて、ようやく去っていく足音が聞こえた。

「ごめん、うちの父親の声が……」

あせあせとスマホ越しに謝ると、突然唯ちゃんが短く叫んだ。

「は、あぁ！」

唯ちゃんは目をかっと見開き、画面に引き寄せられるみたいにぐいぐい顔を近づける。ものすごいアップだ。

「どうした唯ちゃん。もしかしていい人思いついた？」

瀬戸くんがつられたようにずいと身を乗り出して訊く。

「いやあ、まだご挨拶できてないんですけど」

唯ちゃんはてへへと頬を掻いた。彼女が「心音先輩」と、画面越しに語りかけてくる。小首を傾げながら、麦茶を口に運んでいると、唯ちゃんの小ぶりな唇が動いた。

「心音先輩のお父さん、どうでしょうかね⁉」

彼女が興奮した口調で言う。予想の斜め上を通り越してほぼ真上、全く軌道の見えないところからの意見に、私は盛大にむせた。

「……っ、へぇ⁉」

「なるほど」と瀬戸くんがしみじみ言う。いやいやいや。

「心音先輩、お父さんからギター教わったって話されてたやないですか。あの、無理言っとるのは重々承知なんですけど、心音先輩と細かい確認もし合えるし、いいなと思ったんですが」

「いや、ま、待って、まず、ひとりだけおじさんが入るのは、どうなんやろ……」

「心音ちゃんのお父さん、若々しくてかっこいいやないの」

うみちゃんがしごく真面目なトーンで言う。

「へぇ、そうなんや。いいなぁ」

唯ちゃんの高ぶりに触発されてか、高橋くんまでわくわくした声でのってくる。

「たしかに、名案」

瀬戸くんもすっかり納得したような声を漏らすから、私はプチパニックに陥った。

「もちろん無理言うてるんは百も千も承知。お仕事も大変やのに、ライブ出てくださいい、ギターの練習してくださいい、バンド練習も付き合ってくださいい、なんて厚かましいお願いやと思う。でも、もし引き受けてもらえたなら、すごく嬉しい」

うみちゃんの言葉に、みんなが前向きな意思のこもった頷きを見せた。

父は毎日私の部屋から漏れる音を聞いているはずだから、なんとなく曲の把握はしていると思う。しかも正直に言うと、父は今でも時々ギターを触っているし、娘からしてみても、それなりに上手いほうだと思う。

全員の真剣な眼差しが、電波に乗って飛んでくる。みんな必死なのだ。ライブを成功させるために。ayame. の中に父がいる姿を想像すると、果たしてこの選択は正解なのかどうかという不安に駆られてしまう。それは自分の気恥ずかしさにも起因しているのかもしれない。しかしこの立ち止まることのできない事態に、恥ずかしいも何も言ってられない。

「……みんなが、いいのなら、ひとまずちょっとお父さん連れてくる」

そう答えると、わっと歓声があがった。

意を決して腰を上げ、部屋を出て行こうとすると、瀬戸くんに呼び止められる。

「ありがとう。画面越しで申し訳ないけど、事情は俺に説明させてほしい」

うん、と彼を見ると、たしかに目が合った気がした。

「ええと、こんばんは。心音に急に呼び出されたんやけど、心音とバンド組んでくれてる子たちなんやろ？　いつもありがとうな」

父が私の隣で、何やら照れている。父には「みんなから相談がある」としか伝えていない。内容を全く知らされていない父は、いったいなんの話題なのかとうぶな学生みたいにもじもじしている。私は、今更めちゃくちゃ緊張していた。ここまでみんなを期待させておきながら、父が断る可能性だって大いにあるのだ。

「あの、初めまして。俺が水原さんをボーカルに誘いました。ギター担当しとります、瀬戸です」

瀬戸くんが慎重そうに口を開いた。

「おお、君が。瀬戸くん、初めまして」

父は嬉しそうに眼鏡の奥の目を細めた。瀬戸くんのことは少しだけ話していた。バンドに誘ってくれたことや、夜ランニングしている彼と時々遭遇すること。だけど病気のことはまだ伝えていない。

「……すみません、やっぱり画面越しで言うことやないかな。直接話さんといかんことやと思うんですが、なるだけ早いほうがよくて、今から水原さん家に伺ってもいいですか？」

瀬戸くんは気迫のこもった目で言い切ると、小さく頭を下げる。父は思いがけず深刻な空気に戸惑いながらも、壁掛け時計に目を向けた。針は午後8時前を指していた。

「俺はこのままでも聞けるけど、そうやないほうがいいん？」

「はい」

「そうか、分かった。待っとるけん、気をつけて来《き》ぃ」

父は分かったと言いつつ未だピンとこない顔をしている。けれどただならぬ気配を察したのだろう、真剣な態度でそう返した。私は緊張を悟られないよう静かに呼吸を整えて、ビデオ通話を終了した。


ほどなくしてピンポン、とインターフォンが鳴る。どきどきしながら父と一緒に玄関で出迎えると、そこに居たのはうみちゃんだった。あれ、と驚いていると、うみちゃんが汗を拭いながら言った。

「もしかして、私一番に着いちゃったかな？　自転車とばしすぎたか」

うみちゃんはふぅふぅと息を整えている。

「ええと、瀬戸くんだけが来るんやと思っとった……」

そのつもりでトークグループに住所を送っていた。

「千景くんはひとりのつもりかも。でも話が話やし、やっぱりみんなで行こうって、高橋くんと唯ちゃんと話して」

みんなの想いに、胸が熱くなる。一方、父はさらに事態がよく分からなくなったようだ。と思っていたら父がこそりと私に耳打ちする。

「瀬戸くん、告白に来るんやないんか？」

父がそんなことを悠長に言うから、「それは全然違う!!」と私は耳の熱さを誤魔化すように父の背中を思い切り叩いてしまった。

それから瀬戸くんが到着した。うみちゃんがいることに案の定びっくりしていた。彼女がわけを話している間に、唯ちゃん、高橋くんも集まる。

うちのリビングにayame.のみんながいて、さらに父がいるという、珍しい光景。嬉しい一方で、部屋じゅうに緊張感がみなぎっていて、自分の家のはずなのになんだか落ち着かない。

「それで、どうしたんかな」

口火を切ったのは父だった。いつもよりいっそう穏やかな声色だ。緊張をほぐそうとしているのかもしれない。

「改めてですが、瀬戸です。急にすみません。わざわざ家にまで上げていただきありがとうございます」

彼の声が少し上擦《うわず》っているように思った。私にはこの話がいい方向に転ぶことを祈るしかできない。心の中でぎゅっと両指を絡め合い、神を仰ぐ。

「実は、頼みごとがあって来ました。単刀直入に言いますと、俺ライブの本番当日に心臓の手術することになったんです。それで、無理な頼みやってことは痛いくらい分かっとるんですけど……俺が出れん代わりにお父さんにギター弾いてもらえんかって、お願いに来ました」

「えっ」

父が口からびっくりマークをそのまま吐き出したみたいなトーンで、声をこぼした。唐突な申し出に、父は目を点にしている。私は、瀬戸くんの口から発せられた「お父さん」という響きに勝手に照れていた。いやそんなことより瀬戸くん、肝心な部分ははっきりしているけれど、それ以外のいろんな流れを割愛しすぎてはいないだろうか。

「ほんとに無茶なこと言ってすみません。けど、水原さんからお父さんのこと聞いて、俺ら満場一致でお願いしたいってなって。どうか、考えてみてほしいです」

そう淀みのない声で言い切り、瀬戸くんは頭《こうべ》を垂れた。同じタイミングでみんなが「お願いします」と続く。私も頭を下げながら、きっと瀬戸くんはあえて余計な説明は省いたのだと思った。説明の削られた言葉は細く鋭いぶん、刺さりやすい。けれど、届く前に折られるリスクも持ち合わせていて、いわばゼロか100かの賭けだ。

「ひとまず、顔上げてもらってよかかな」

父の声がつむじに降ってきて、私たちはゆっくりと顔を持ち上げた。父は困惑と迷いとある種の悟りを煮詰めたみたいな表情で佇んでいる。誰かの息をのむ音が聞こえた。家の中がこんなに緊張しているのは初めてかもしれない。みんなが父の言葉を待つ。

「ええと、ひとつ訊いていいかな？　まずなんで俺……？」

父の率直な気持ちだろう。私たちは息を詰めながら父の声を追いかける。

「本番まで残り時間も少ないっていうのは分かるけど、それにしても高校生の子を誘ってステージに上げたほうがよかと思う」

「実は俺らも最初はそう思って、知り合いにあたってみたんですけど、なかなか難しくて……やけど、俺考えたんです」

瀬戸くんの、決意を感じさせる切実な声が、リビングの静けさを震わす。

「俺ら『やさしさに包まれたなら』を演るんですけど、水原さんが前に言っとりました。お母さんが好きだった曲なんやって。多分、うちのバンドの中で水原さんが一番この曲を大切に演奏できると思います。想いは必ず音にのるから。それは、お父さんも同じなんやないかなって。それでふと、ふたりがステージで奏でる姿を想像したら、すごく美しいなと思って」

父の表情が、わずかに動いた。今、瀬戸くんのまっすぐな言葉に、父の瞳は揺らいでいる。

「ううん、でもなぁ……」

私は父をじっと見つめ、もう一度頭を下げて言った。

「お父さん……お願いします」

リビングはまだ緊張感に満ちていた。けれどその切羽詰まった1秒1秒は、なぜか私の鼓動をきらきらと高く鳴らせるのだった。

血の繋がりなのだろうか。私には、父が次に言う言葉が分かっていたようにも思う。

「……分かった」

父が、観念した、というような笑い顔で、そう言った。

「あ、ありがとうございます！」

瀬戸くんが声を輝かせ、父に向かってお辞儀をする。間髪を入れずに「わああっ」と唯ちゃんが歓喜の声を上げる。うみちゃんが私と唯ちゃんをそっとハグする。高橋くんは瀬戸くんとがっしり握手をしていた。

「十日間、まず練習させてくれ」という父の言葉で話は結ばれ、夜の緊急会議は解散となった。

リビングには父と私だけが残る。

「ありがとう、お父さん」

改めて父に伝えると、「やるしかないなぁ」と父は案外楽しげな表情で笑った。

父は早速ギターを引っ張り出してきて、チューニングをしている。なんだか不思議な気分だ。母の好きだった曲を、あの潮野まつりのステージで父と演奏するなんて。父の集中した視線が楽譜と手元を行き来する。それを見守りながら、私も無性にギターに触れたくなり、自分の部屋に取りに戻った。

ギターを取り、棚に飾っている写真立てに手を伸ばした。手のひらの中で父と母が笑っている。この写真立ても元々は母のもので、母が飾っていたというものをそのまま私が受け取った。お母さん、本番楽しみにしてて。私は心の中でそっと囁き、写真を棚に戻そうとした。その時、「心音ー、ここのアレンジって」と呼びかける父の声がして、咄嗟に写真立てを手から滑らせてしまった。慌てて拾い上げると、うしろの金具が半分外れていることに気づく。もとに戻そうと手を添えた時、写真とガラス板の隙間に、白い紙のようなものが見えた。なんだろう、と気になりそれを引っ張る。

ふたつ折りにされた白い紙。中から小さな厚紙もこぼれ落ちてきた。不思議に思いながらも、「心音ー」と父のふたたび私を呼ぶ声に、ひとまず机の上に置き、リビングへと戻った。

うみちゃんがミニライブの提案をしてくれたのは、翌日の夜のことだった。

『今からビデオ通話で話せんかな？　みんな大丈夫？』とうみちゃんからメッセージが届いた。

私はちょうど海辺へ向かおうとしていたところで、いそいそと肩からギターを下ろし、手早く部屋を整えた。

「急にごめんね。ちょっと、うちの母親からの提案なんやけど」

うみちゃんはそう言うと画面から離れて、がさごそと何かを探している。彼女の部屋にはおしゃれな観葉植物が飾られている。そのふくふくと育った緑に癒されていると、画面に戻ってきたうみちゃんが手を前に差し出す。

「これ。隣町の商店街で夜市があるんやけど。今年からライブステージを作るみたいで」

画面を覆う色とりどりのチラシの後ろで、うみちゃんは言った。

「お母さんが仕事帰りに商店街で買い物してて、八百屋の店主さんと夜市の話になったんやって。夜市は年々過疎傾向があって、若い子を呼び込もう！　って意気込んで準備したものの、参加者がえらい少なくて嘆いとったって。それで、『うみたち、もし余裕あったらでてみたら？』って。まだエントリー絶賛受付中みたいで」

「はぁ、なるほどなぁ。ちなみにいつなん？」

高橋くんが興味深そうに訊いた。ううん、とうみちゃんが低い声を漏らす。

「それが、ちょうど一週間後の話なんよ」

彼女は少し言いづらそうに口にして、チラシの右端を指差した。

「ひゃー、なかなか切羽詰まったスケジュールですね」

唯ちゃんが、あちゃあという顔で困ったように笑う。たしかにその日程だと、そもそも父のギターが間に合わないだろう。

「うん。限りなく難しい話やし、相談するかどうかも迷ったんやけど、一応共有はしとこうと思って」

「それ、水原さん弾き語りで出たら？」

瀬戸くんが、軽い調子で言った。へ、とご飯粒がぽろりと箸から落ちるみたいに、声がこぼれる。私の間抜けな顔を差し置いて、瀬戸くんが続ける。

「海辺でいつも弾きよる感じで。水原さんはギター一本でもじゅうぶん聴かせられるよ」

「え！　唯も聴いてみたいです」

「なるほど。心音ちゃん的にはどう？」

突然の提案だったにもかかわらず、私の気持ちは、うみちゃんの問いかけよりも先に決まっていたように思う。

「やって、みたい……！」

私には未解決の問題が残っている。瀬戸くんの微笑みなしで歌えるのかということ。ポケットに忍ばせている二輪の花のペンダントを、服の上からぎゅっと手で包む。

「ひとりでもやれるのか、挑戦してみたい」

私は画面越しにみんなを見つめ、決意を固めた。

＊

エントリーを済ませた際、持ち時間は10～30分、とかなりざっくばらんに伝えられた。その独特のゆるさと手作り感に、この夜市のことをすでに好きになりはじめていた。私は、潮野まつりでayame.がカバーする曲から三曲を披露しようと思っている。

夏夜の海辺の空気は、植物と潮の匂いが柔らかく溶け合っていて甘く豊潤だ。海風に髪を揺らしながら、私はまたギターを抱きかかえていた。

この声を、心待ちにしながら。

「おす」

振り向くと、月明かりに淡く縁取られた瀬戸くんが微笑んでいた。

「夜市あさってやね。仕上がっとりますか」

「いい感じに、仕上がっとります……！」

「おー。たのしみ」

「瀬戸くん、夜市これるん？」

「そのつもり。今んとこ体調も悪くないし」

「そっか」

初めてひとりで立つ舞台を、瀬戸くんに見届けてもらえる。嬉しさが指先に宿って弦を弾かせる。ぽろぽろ鳴らしながら、彼とのこの時間を大切に音にする。

「夜市の日、ペンダント、つけてみようかな」

私ははるか遠くをゆく船に目を向けながら、思い切ってぽそりと言ってみた。彼から受け取った、青い花のペンダント。お守りとしてつねに持ち歩いてはいるものの、身に着けるには少し照れがあって、今も私のポケットの中に静かに秘められている。週末の夜市のライブで、初めて首元にあしらってみようと考えていた。瀬戸くんは黙っている。波音が海辺をたゆたう。

「いつも、ポケットの中とか、ポーチの中に入れとって、まだつけたことないけん……」

私は頭の中の言葉をそのまま口にし、隣に座る彼へそっと転がしてみた。私の言葉はゆらゆらと心許ない軌道を描き、ゆっくり彼のもとへ向かう。けれど瀬戸くんは何も言わない。沈黙って、相手の立場で考えてしまう。何か変なこと言っちゃったから困ってしまったのかなとか、何か気に障るようなことがあったかな、とか。たいてい後ろ向きなことばかり。しんとした空気が私たちを包む。焦る。じっとしていられなくて、ポケットからごそごそとペンダントを取り出してみた。金属で作られた可愛らしい二輪の花が、夜の中でかちっと光る。

「それ、アヤメの花」

瀬戸くんが、ようやく口を開いた。

「え？」

「覚えとらんよなぁ」

彼が私の手の中にあるペンダントに目を落とし、夜風に埋もれてしまいそうなくらい小さな声で呟いた。でも、私にはちゃんと聞こえていた。

「お、覚えて……？」

しかし意味をうまく汲み取れなくて訊き返すと、瀬戸くんが何やら改まったみたいに体ごとこちらに向き直った。

「それ、水原さんがくれたんよ。ずっと昔、まだ子供やった頃」

え、と思ったけど、声にならなかった。心臓をぎゅっと直に握られたみたいになる。それは切ないような愛おしいような、不思議な苦しさ。彼の言葉に対し、心当たりを探すけれど混乱するだけで思い出せない。鼓動の音は倍速する。遠く幼い過去まで遡ろうとしても、心臓の音がうるさすぎて全然集中できない。記憶の線を辿れない。ペンダントを握る手に力がこもる。

「前に、水原さんにギター始めたきっかけの話訊いたやん。そん時さ、俺、実はすげーびびった」

そのことは鮮明に覚えていた。まだ小学校に上がるよりも前、夕暮れ時の遊園地で、ある迷子の女の子と出会った話。

「あん時、俺初めての遊園地にはしゃいじゃってな。母さんがずっと手握っててくれとったのに、それ解いてぴゅーっとジェットコースターのほうに駆け出したわけ。子供やからさ、もちろん母さんも親父も自分に付いてきてくれとるって思っとった。けど、振り向いた時には誰もおらんくて、そこから五歳の俺のテンションは急転直下。不安で勝手に涙がこみ上げてくるし、もちろん止められんのよ」

瀬戸くんは声に懐かしいような、照れ臭いようなものを滲ませながら、言葉を差し出してくれる。彼の言葉がパズルのピースみたいになって、私の記憶の隙間を、ゆっくりと、埋めていく。

「涙でぐっちゃぐっちゃで、肩まで伸びた髪は顔にべったりくっついて。んで無意識に知らない女の子のスカート摑んどった」

「…………えぇっ」

私のお腹の底の深いところから、ものすごく低い声が迫り上がってきた。人間、本気で驚いた瞬間ってこんな動物みたいな声が出るんだ。

『あいつ、小さい頃は肩まで髪伸びとって、女の子みたいに可愛かったんよ』

いつかの高橋くんと交わした会話が鮮烈な彩度でフラッシュバックする。

私が、歌をより好きになったきっかけ。拙《つたな》い歌を聴いてくれて、花が開いたような笑顔をくれた子。

ずっと、女の子だと思っていた。

「俺、小学校入るまで、ちーちゃんって呼ばれとったから」

「ち、ちち、ちーちゃんだったの……っ」

ベタな漫画のセリフみたいにつっかえてしまった。ちーちゃん、というフレーズが呼び水となり、ずっと途切れ途切れだった十数年前の記憶が今、叩いたら直ったテレビみたいに、私の頭の中で再生される。

あの日泣きじゃくっていたちーちゃんは、私の覚束ない歌でぴたりと涙を止めて、笑ってくれた。たしか父がお手洗いから戻ってきて、父と一緒に、ちーちゃんを案内所まで連れて行った。

父が迷子の手続きを済ませ、三人でちーちゃんのお迎えを待った。それがどのくらいの時間だったのか定かではない。実際は10分くらいだったのかもしれない。けれど子供の体感として、ひとりぼっちの時間は果てしない永遠のように感じたのだろう。ちーちゃんの表情はまたどんどん曇っていった。加えて、父のケイタイに電話が入った。

「心音、ごめん。今会社から電話かかってきて、ちょっとトラブルあったみたいでな……急遽向かわんといけんようになって。もう出らんといかん」

そう父が言うから、ちーちゃんはまた大きな瞳をうるうると湿らせた。

その時の私は、ちーちゃんを自分より年下の子だと思い込んでいたため、お姉さんとして、どうにかして慰めなければいけないという使命感に駆られた。

「ちーちゃん、これあげる……！」

そして私は、たしかに渡したのだった。

自分の首に下げていた、当時父親に買ってもらったばかりだった、この青い花のペンダントを。

ちーちゃんの頬についていた髪をそっと払い、首にかけてあげると、ちーちゃんは目をぱちくりして、しげしげと花の飾りを見つめていた。

「きっとすぐに、お父さんたちと会えるよ。私たちはもう帰らなきゃいかんけど、このペンダントあげるけん、泣かんで……」

そう一生懸命伝えると、ちーちゃんはきゅっと目を細め、愛くるしさのあふれた顔でこう言った。

「うん、ありがとう。またね」

「俺が、またねって言ったの、覚えとる？」

瀬戸くんがじっと私を見る。いつもと違う、ひしひしと男らしさを感じる視線。私は、跳ね回る心臓をなだめながら、うん、と頷いた。

「あれから、ずっと自分のお守りとして持っとって。花の名前も調べた。これ、ちょっとかわいい感じにデフォルメされとるけど、多分アヤメ」

あ、と私は真っ先に感づいてしまった。バンドに合流したばかりの頃に唯ちゃんに耳打ちされた言葉が、耳の骨まで熱くさせる。

「このペンダントの持ち主が、いつか現れてくれるようにって願いも込めて、ayame.ってバンド名にした。玄弥にはロマンチストかってからかわれたけど。でも、そしたらほんとうに、また会えた」

じくじくと心の芯まで熱がほとばしり、肌が汗ばむ。呼吸が荒い。心臓は壊れそうなくらい早鐘を打ちまくっている。

「俺、ずっと好きやった」

はひ、と喉の奥で震えた空気が、口からこぼれ出る。こんな言葉を男の子から、しかも、ずっと焦がれていた人からもらったのは初めてで、自分も気持ちを伝えたいのに、頭がぽーっとしてしまって上手く声にできない。もじもじしていると、瀬戸くんが「あぁ……っ」と唸るような低い声を吐き出した。

「ごめん、こんな時期に。ライブ終わってからちゃんと伝えようと思っとったんやけど、俺やっぱ、手術もどうなるか分からんし」

彼がふいに見せた不安げな表情に触れた途端、私の唇は生き物みたいに勢いづき、動き出した。

「手術は……っ、きっと、絶対大丈夫。私たち、みんなの力を病室まで届ける。瀬戸くんの曲も、みんなでかき鳴らす」

「ふは、頼もしいなぁ。ありがとう、水原さん」

「うん。必ず、大丈夫」

「じゃあ頼もしいついでに、返事訊いてもいい？」

「えっ」

瀬戸くんの瞳になまめかしい温度が宿っていて、心臓がまたさらに過熱する。脈がどんどん速くなるにつれて言葉がぐんと迫り上がり、唇から想いがあふれる。

「私も、好きです。バンドに誘ってくれた時から、ずっと」

10

夜市当日は、日中はじりじりと肌を焼くようなまぶしい太陽が昇っていたけど、夕暮れ時になると、昼間の光を吸ったあたたかい風が、行き交う人々を優しく包んでいた。

「こんなお祭りやっとったんですねぇ」

唯ちゃんがりんご飴を頬張りながら、ずらりと並ぶ屋台にきらきらと目を輝かせている。この隣町の商店街は、以前車で通りがかったことがある。その時はシャッターの下りたお店も多くて閑散としていたものの、今日は酒屋さんが駐車場を開放してバーベキューをしていたり、レトロな風情のおもちゃ屋さんがヨーヨー釣りを催していたり、夏夜の魔法にかかったみたいに煌《きら》びやかで、私もすっかり目を奪われていた。

「ヨーヨーやったら、あとで千景くんに渡せるかな」

子供用プールにゆらゆらと浮かぶ、色とりどりの球体に目を落としながら、うみちゃんがそう言った。

「そうやね。でも千景、拗ねくさるかもなぁ」

「あはは、それ逆に見てみたいかもです。ね、心音先輩」

「うん、そうかも」

瀬戸くんは急に体調を崩して、夜市には来られなくなってしまった。

ヨーヨー釣りは私がチャレンジすることになった。鮮やかに光を生み出す球体の中から、狙いを定める。私は、甘いオレンジ色とソーダみたいな水色が入り混じった、彼らしいヨーヨー目掛けて慎重に糸を垂らした。

首尾よくゲットしたヨーヨーを上下に遊ばせながら、ひと通り屋台を巡る。今日何度見たか分からない腕時計をそわそわとまた確認する。針は18時を示していた。

「私、そろそろ準備に、行ってくるね」

頑張って、とみんなに見送られて、緊張の滲む足取りでライブ出演者の集合場所へ向かった。

出演者は私を含めて三組だった。男の子ふたりのギターデュオ【ハルカ】。身なりからしておそらく中学生くらいだと思う。私よりすごく上の世代のジャズバンド【Drunker's】。こちらは父よりずっと年上の方々の集まりと思われる。そして私。出番は、ハルカ、私、Drunker'sの順だ。

控室は三組とも同じテントだった。途中までフレーズの確認をしたり、SNS用の写真を撮ったり、みんなそれぞれ出番を待っていたけど、ハルカの長髪の子の一言でじょじょに輪のようなものが広がっていった。

「Drunker'sって、酒飲みって意味っすか?」

ルカ、と呼ばれている男の子がそう尋ねたのをきっかけに、テントを覆っていた緊張の膜がぺろりと剝がれた。Drunker'sのおじさま方が明るく話をふってくれることに、私も大いに救われた。

「ひとりで出るって、君めちゃくちゃ度胸あるなぁ」

「いえ、ものすごく、緊張しとります……でも、友人も応援してくれとるので、頑張りたいです」

「ほぁ、若いなぁ」

周りがいっぺんににこにこしだすのが恥ずかしかったけれど、その言葉は温かくてなんだか心強くもあった。

そうしている間にいよいよ本番の時間が近づいてきた。ハルカのふたりが席を立つ。ふたりが歌い出しのキーを確認している。ステージはテントの真隣だ。

「では、ハルカのおふたりお願いしますー」

その声で、ステージへと向かうふたり。ぴんと伸びた背筋をスポットライトが貫く。

「ハルカです、よろしくお願いします」と爽やかな挨拶がテントの中にも響く。

夜市のライブステージが始まった。

彼らの歌う『夏色』を耳に感じながら、私はそっとシャツの中からペンダントを取り出した。

今日は、正真正銘のひとりだ。瀬戸くんはいない。いつもみたいに優しい目配せをくれることもない。それでも私は、歌う。歌いたい。不安がないかと言えば大嘘で、今だって膝が小刻みに震えている。だけど皮膚の外側はいたく緊張が滲んでいても、体の芯はどこか冷静さを保っていて重心がきちんと体を支えてくれているのが分かる。重心はものすごく大事で、これが覚束ないと、まるで雲を踏むみたいに体がふわふわと不安定になり、発声のコントロールがうまくいかなくなる。

ペンダントの花の飾りが、電球の光に触れて青白く光る。私はその光を閉じ込めるように、ぎゅっと手のひらを握り、シャツの中へしまった。

その時、バッグの中でスマホが光るのが見えた。ステージからは『前前前世』の一サビが聞こえる。これがハルカのラストの曲と話していた気がする。私は急いでスマホをチェックした。

『がんばれー』

短い一文だった。けれど、それだけでじゅうぶんだった。瀬戸くんって時々、勘がいいとかを通り越して、エスパー的な力を働かせているのかと思うほど、タイミングの良さを発揮してくるから不思議だ。不思議で、ズルい。私の胸は、緊張よりときめきが上回ってしまった。

「お疲れっす！　お客さん結構集まってくれとって、かなり盛り上がってくれてます」

ハルカのふたりがこめかみに汗を垂らしながら、オリンピック選手がやり切った時みたいなすごくいい顔で戻ってきた。すぐさま司会に呼ばれる。つま先をステージに向ける。大丈夫、もう足は震えていない。私は照明のライトが射すほうへと、一歩ずつ進んでいった。

右端にayame.のみんなの姿が見える。あ、父もいる。客席をS字を描くみたいに見渡す。気持ちは落ち着いているように思う。

「……こんばんは、心音です。えっと、三曲歌います。よかったら、聴いてください」

マイクに声を吹き込んだ。わっと拍手が起こる。ほんとうだ、ハルカのふたりが言う通り、歓声が温かい。

ピックを握る指先に気合いを込める。一曲目が勝負だ。ギターの音色が夏夜の芳しい空気を震わせる。うまく力が抜けている気がする。

すうっと短くブレスをした。

夏の終わりの夜に、そっと歌を灯す。

ぱぁっと、世界の輪郭が光ったような気がした。お客さんが、笑っている。ayame. のみんなの頬が緩んでいるのも見える。唯ちゃんがスマホのカメラを構えている。それを見た父が慌ててポケットからスマホを取り出し、自分も撮影しようとしている。動画、もらえばいいのに、と微笑みがこみあげてくる。

私、今歌えてるんだ、そう思った。

その瞬間、カチッと、自分の中で何かのスイッチが入った。喉の奥でぶわっと、声の塊がひとまわり肥大する。つむじから空へ向かって突き抜けていくように、歌声が体じゅうで響き渡るのを感じる。

手拍子の音がする。お客さんの体が揺れているのがよく見える。

自分の口角が、勝手に引き上がっていくのが分かった。私は精一杯の声を振り絞る。ギターを抱きしめ音を鳴らし、思い切り叫んだ。

＊

「水原さんの弾き語り、よかったなぁ。お客さんの盛り上がりも含めて」

バイト中、高橋くんが思い出したようにぽつりと言った。

「ありがとう……っ。出られて、よかった。瀬戸くんが、提案してくれたから」

「あぁそういえば、千景と夜の海辺でたまに会いよったんやろ？」

「う、うん……」

私があからさまに全身の色を赤く染めたせいか、高橋くんがハッとした顔をする。

「あ、もしかしてようやく告白された？」

「ひ、えっと、その……はい」

言葉をぼやかしながらも肯定すると、高橋くんが端整な顔をくしゃりと緩ませた。

「あっはは、そっかそっか。でも良かった。あいつ病気のせいか、どこか達観しとるところあるやろ。でも千景、水原さんのことになるといつも小学生みたいにもじもじ照れくさってさ。そんな可愛げまだ残っとったんや、って可笑しくて」

瀬戸くんのそんな可愛らしい姿、うまく像が結べなかった。思い描こうとすればするほど皮膚の内側から熱く火照る。結構、大事に想われていたのだろうかなどと、自惚《うぬぼ》れてしまう。

「僕もうじうじしてばっかじゃいかんなぁ」

「……やっぱり、忘れられんもの……？」

「そうかもなぁ。でも、『時間が解決してくれる』みたいな言葉あるやん。今、それをじわじわ痛感しとるところ。癒えたわけやないけど、淡くはなっとるかな」

ちらりと高橋くんを見た。その横顔は思ったほど憂鬱ではなく、案外明るいものを灯していた。うん、と私は小さく頷く。

「そうや、お父さんのギターの具合はどう？　今週のスタジオ練習から合流する予定になっとるもんな」

「あっ、うん。うちでも、ふたりで合わせてみたりしとるけど、最近はかなり完成度あがっとる」

「ほんっとにありがたいなぁ。楽しみや」

そんな風に言ってくれるのが、私は素直に嬉しかった。「すみませーん」というお客さんの声で私たちは話を止め、午後の日差しが差し込むキッチンカーでふたたび仕事へと戻った。


スタジオは、高校から10分ほど歩いた場所にあり、狭いひとり用の部屋から18畳近くある広い部屋まで、計五室が設置されていた。

夜、仕事終わりの父が合流し、私たちは二番目に広い部屋で練習に取りかかった。

「こんなことあります……?」

試しに一曲合わせてみた直後、唯ちゃんが驚きながらも、笑って言った。

「お父さん、ほぼ、ばっちり合ってるやないですかあ!」

唯ちゃんが宝石みたいに瞳をきらりとさせ、父を見上げた。へへ、と父の満更でもなさそうな顔が視界の隅に映る。

「お父さん、すごいです」「本当にこの短期間に、ありがとうございます、お父さん」とみんな思い思いに口にするから、「お父さん」というフレーズが大渋滞している。名前で呼ばれるのを照れ臭がった父が自ら提案した呼び名だ。

「心音がよう練習付き合ってくれたからかな、いやぁひとまず安心したな」

父がほっと息を吐く。父が鳴らすギターは、瀬戸くんのような衝動感や鋭さみたいなものはないけど、熟練した繊細な手つきがきめ細かい音の粒を生み出し、安定感がある。

それから細かいニュアンスの擦り合わせをして、すべての曲を通してみた。

父は自分の音色をバンドの中に織り混ぜていくのが上手かった。プレイ自体は粛々としているけど、ギターを響き渡らせたい場面ではさりげなくグッと前に出られる柔軟性にも富んでいる。

「くぅ、俺も本番観たかったなぁ」

端で観ていた瀬戸くんが、ぐぬぬと唇をへの字にして言った。

「初めて合わせてこれだけ息が揃うって、相当すごいことやと思います。めちゃくちゃ楽しみです」

瀬戸くんの表情に一瞬、淡い悔しさが滲んだのを私は見逃さなかった。それは父も同じだったのかもしれない。「ありがとう、頑張ります」と父はぴしっとした顔つきで、返した。

「よし、録音もできた」

瀬戸くんがミキサーからCDを取り出す。3時間のスタジオ練習の最後にはLINE録音をした。それぞれの楽器とボーカルの音をミキサー内でMIXして録音する方法で、スマホのボイスメモで録《と》るより数倍音質が良い。部屋を出て、スタジオ料金をすべて払おうとする父をみんながものすごい剣幕で止め、全員で出し合って支払いを済ませた。

「本番まであと一週間ちょいやなぁ。けど、良い感じじゃやと思う」

別れ際、瀬戸くんがそう言いながら、にっと笑った。太陽の匂いが香ってきそうな笑顔はずっと変わらない。彼は強い。強いふりをしている部分も多少はあるのかもしれないけれど、丈夫な芯がまっすぐに存在している。

それから私たちは本番まで何度かスタジオに入り、最後の調整に向かった。

*

父に、話をしたのは本番三日前の夜だった。

「お父さん、少し話あるとけど……」

私はお風呂を済ませると、麦茶の入ったグラスをふたつテーブルに置いた。カラン、と氷が琥珀色の水面で踊る。それを見ながら、父が腰掛けるソファに自分もそっと座った。

「なんや、改まって?」

「この間、三者面談やったやん」

「あぁ、うん」

「それで……」

話したいことは胸に浮かんでいるのに、うまく迫り上がっていかない。麦茶をひとくちすする。口の中がひどく乾いている。

湯船に浸かりながら、昨晩、海で瀬戸くんと話したことを思い返していた。

「水原さん、卒業したらここ出るんよなぁ」

瀬戸くんがそんな風に呟くから、ギターを弾く手がぴたりと止まった。

「えっ、いや」

私はかなり困惑していた。まだ誰にも話していないはずなのに。

「私、地元の大学に進学するって話はしたよね」

「そうやっけ？　俺、シンガーになるって聞いた時点で、上京するんやなぁって勝手に思いこんどった」

「そっか……」

私は、たしかにシンガーになりたいと決意し、また夏休み前の三者面談で進路を地元の大学に決めたのもたしかだった。

けれどあの日の夜、母の写真立てに挟まっていた紙切れに触れて以来、少し、気持ちが揺れていた。

丁寧にふたつ折りにされた、白い紙。開くと、一番上に〝美加様〟という文字が見えた。父の、ちょっと丸みを帯びた筆致とは異なる、しゅっとした達筆だった。父以外の人物が、母に宛てた手紙だとすぐに分かった。いけないものを見ている気持ちになりながら、私はびっしりと書かれたその文章に目を落とした。

美加様
先日は、美加さんの地元へ突然お伺いしたにもかかわらず、僕の話に耳を傾けてくださってありがとうございました。
何度もしつこいようですが、僕は、オーディション時から美加さんの歌声にもっとも魅力を感じていました。なので辞退されたと聞いて、驚いたし動揺しました。そのことに関して、周りのスタッフは何事もなかったかのようにオーディションを進めてしまう。その間もずっと気がかりで、オーディションが一段落した頃、僕はあなたに連絡をとり、東京で同じ道を目指せないかと電話口で伝えました。でも、美加さんには結婚とお腹のお子さんを理由に断られてしまい……。だけどあの時の美加さんの口ぶりに何か迷いが含まれている気がして、それがどうも引っ掛かり、直接お伺いした次第でした。健吾《けんご》さんとふたりで丁寧に迎えてもらい、ありがたかったです。結局またはっきりと断られてしまいましたが……。

美加さんは、〝自分は、夫とお腹の子のおかげで今すごく幸せだ。家族を置いて東京と潮野を行ったり来たりするのは、難しい。田舎でゆっくり子育てもしたい。それに、自分は子育てと音楽活動を両立できるほど器用じゃないと思う〟とおっしゃいましたね。頭を深々と下げられ、あの時は、そうか、と途方に暮れてしまい、そのままとぼとぼ東京へ戻ってしまいました。この手紙は、最後にお伝えするべきだった言葉を届けようと思い、ペンを執りました。

美加さんの家族への想いはひしひしと伝わりました。もちろん尊重します。

もしも子育てが落ち着いて、まだ音楽への気持ちが残っていたらその時は、僕にご連絡ください。

何度もしつこくてすみません。この手紙で最後にします。

それではお身体にお気をつけてお過ごしください。

田中

便箋には、【田中和樹】と書かれた名刺が挟まっていた。

そして、その手紙にはもう一枚紙が重ねてあった。何度も目にしたことのある母の文字で、母の日記の一ページが千切られたものだと分かった。

20××年　○月△日
田中さんから手紙が来た。〝この手紙で最後〟という文字に、少し胸が騒ぐ。

オーディションを降りたほんとうの理由は、一次面接の直後に、お腹に赤ちゃんができているると、病院で診断されたから。オーディションに進めば長期間の合宿も予定されとった。お腹に子供がおるままそんなこと参加できん。健吾くんには、病院に行ったことも、お腹の子のことも、その時は伏せた。別の理由を話して、オーディションは辞退した。健吾くんに話した理由だって、本心やった。音楽に淡い夢を抱いていたのはたしかやけど、すてきな家族を作るというのが、やっぱり私の大きな夢。

でも、わざわざこんなところに来てまで手を差し伸べられて、さらにこんな手紙ももらって、音楽の夢がふたたび膨らみかけているのも、また本心。

あの日、田中さんが去っていく後ろ姿をぼんやり見つめとった。スーツ姿がそうさせとるのか分からんけど、すごく〝東京の人〟って感じがした。

東京、かぁ。いつか、そんな日が来るんかな。もしも田中さんが言ってくれていることが叶うなら、チャレンジしてみたいかも。

母がどうしてそのページを日記から千切り、写真立ての中に忍ばせていたのかは分からない。その文面すべてに目を通した時、さまざまな感情が私の胸にふつふつと浮かび上がっては、胸の奥の扉を叩くのだった。

母の家族への想い。夢。チャレンジ。東京。

ほんとうは、ずっと心の根の部分で思っていたことだったのかもしれない。

でも考えないようにしていた。この気持ちが育ってしまわないように。芽を出さないように。

夢の匂いにあふれる街、東京。

けれどその場所は、あまりに遠すぎる。父をひとりにすることなど、私には考えられなかった。

でも母の〝いつか、そんな日が来るんかな。もしも田中さんが言ってくれていることが叶うなら、チャレンジしてみたいかも。〟という文章が、目の裏に焼きついて離れない。

母が叶えてみたかったこと。私が代わりに、その夢に手を伸ばすことはできないか。

なんていい子ぶったことを言って、私は自分を正当化したいだけだ。父を置いていくことを。

だけどそんなことを考えてしまうくらい、千切られた日記から、東京という響きに含まれた夢の匂いが、生々しく立ち現れてくるのだった。

その想いを、凪いだ夜の海で、瀬戸くんに聞いてもらった。

「んー。俺は、今話してくれたことをそのままお父さんに伝えるんがいいと思うけどなぁ。お父さん、正直な人やと思うから、本音で語り合ってくれるんやないかな」

「私、東京に行きたいんかな……」

「いや行きたいやろ！　今の文脈からしたら」

「でも、そしたら」

父とも、瀬戸くんとも、遠く離れてしまう。瀬戸くんは事もなげに背中を押してくれるけど、寂しいなんて思っているのは私だけなんだろうか。

「あんなぁ、寂しくないわけないですけど」

私が分かりやすく拗ねくれた顔をしていたからか、瀬戸くんが呆れたような声で言った。

「潮野まで届けてよ」

彼がそう言って、にっと白い歯を覗かせた。彼の一言は、いつも私の心の底を突き上げ、熱くさせる。

「ありがとう。きちんと、話してみようと思う」


「心音？」

父の柔らかい声が、私のつむじをそっと撫でる。ゆっくり目をあげる。父の眼鏡の奥の瞳は麦茶の水面みたいにとろりと濡れている。幼い頃からずっとこの優しい眼差しで、父は私を見つめてきてくれた。

「東京に、行ってみたいって、最近考えるように、なって」

言葉がひと思いに出ていかない。途切れ途切れの声が、リビングのスピーカーから流れる古い音楽の間でゆらゆら揺れている。

「わがまま言うとるのは、分かっとる。でも」

声よりも心臓の音のほうが大きいみたいだ。ばくばくと耳元で鳴り響いている。父はただじっと黙って、私を見据えている。

「でも、気持ちが勝手に膨らむのを、止められんで……自分でも、戸惑っとる。けどこの気持ちを隠したままでいるのも、違うと思って。だからその、相談……っていうか」

そう言い切った瞬間、すっと父が席を立った。ソファのスプリングがぐんと迫り上がる。父はふいと背を向けると、リビングを出て行ってしまった。

怒らせて、しまったのだろうか、と茫然とした気持ちでいると、父の部屋のほうからどたばたと何かが崩れ落ちるような音がした。お、怒っているのだろうか、とだんだん薄暗い気持ちが胸に絡みついてくる。しばらくすると足音が近づいてきて、ふたたびリビングの扉が開かれた。

「ほんとうは、もっと早く渡すべきやったんやけど」

父は口元をもぞもぞとさせながら、一枚の小さな厚紙をテーブルの上に置いた。

「心音は、地元で暮らすってずっと言い張っとったけど、もっと広い世界に飛び込んで、歌ってみたいんやろうなっていうんは、正直薄々感づいてはおった。心音の力になってくれるかもしれん人がおることも、分かっとったんやけど」

木目のテーブルには、【田中和樹】と書かれた、私が持っているものと全く同じ名刺が、白く浮かんでいる。父が少年のようなあどけなさで、困ったように笑う。

「その上で黙って口をつぐんどったのは、はっきり言って俺のわがまま。ごめん。心音の優しさに甘えさせてもらっとった。でも、瀬戸くんのことがあったり、この間の夜市での弾き語りライブ観たりして、俺も考えとったんよ」

父が懐かしむように表情をゆるめ、名刺を見つめている。目尻のしわが、少し増えた気がする。それが父の目元の印象をより優しくさせていた。ふいに目の裏にじわりと熱が滲む。ぐずっと鼻をすする。

「美加もな、ほんとうは東京で挑戦してみたかったんやないかって、時々思うことがあるんよ。美加自身は全く未練なんてない風に振る舞っとった。当時の若かった俺は、そうなんやと思い込んどったけど、好奇心旺盛な子やったし、ほんとうのとこはどうやったんやろうって。そういう美加の想いを、心音が歌い継げられたらいいなって、俺は思う」

「お母さんは……！　自分の意志で家族という場所を選んだんやって私言い切れる。お父さんが気を揉むことは何もないよ」

私は涙声のまま、ほとんどひと息で言い放った。あとで父に見せてあげようと思う。田中さんからの手紙や、千切られた日記に書かれていた、母の家族への想いを。

「はは、そっか。ありがとうな。実はこの名刺の人、美加の歌をえらい評価してくれてな。前に話した、電話かけてきたレコード会社の人。こっちに会いに来てまで説得しに来てくれて」

うん、と私は素直に聞き入った。父がスマホを取り出しながら話を続ける。

「田中さんに、この間の弾き語りライブの動画送ってみたらどうやろ」

父が画面をタップし、先日の夜市での映像を映し出す。

「心音の歌、絶対気に入ると思う」

「お父さん……」

父はいつも私の計り知れないところで一心に愛情を注いでくれている。私はこの人の娘であることが、この人に育ててもらったことが、一番の財産だと心から思う。

だからこそ、私はあとひとつ、父に言わなければならないことがある。

「お父さん」

「ん」

「ここまで、たくさん心配かけてしまうこともあったと思うけど、いつも目を離さずにそばにいてくれて、ありがとう」

父はぽかんとした顔をして、それからさっと目元を拭った。こんな直情的すぎる言葉、普段照れ臭くて言えずにいたけど、今日なら言える気がした。

けれど私が言いたい言葉は、まだ舌の上でためらうようにとどまっている。

ずっと言いたかったこと、いや、ずっと謝りたいと思っていたことを、ゆっくりと声にした。

「お父さん、ごめんね。私が、お父さんをひとりにして」

私の震えた声に、父は明らかに慌てた様子でぱっと笑顔を作った。

「なんや、そんな気にすることやないって。心音が寂しくなったらいつでも帰ってこれる場所になれるっていうんも、親としては嬉しいことなんよ」

父の明るい声色がやわやわと胸に沁みていく。ううん、と私は小さくかぶりを振った。堪えていた涙がぽつりと落ち、絨毯《じゅうたん》に濃いしみを作る。私はそのしみを見つめたまま言った。

「私が生まれるのと同時に、お父さんからお母さんを奪ってしまった」

お産による出血多量。持病などはなかったのだと、親戚のおじさんたちが話していたのを耳にしたことがある。もしも母が私を産んでいなかったら、父は一番愛する母とずっと一緒にいられたのだ。

「心音」

しんとした声だった。ちらりと視線を向けると、父は私以上にぽろぽろと泣いていた。ぎょっとして顔を上げる。

「それはな、違うよ。俺にとっても美加にとっても、心音は天使みたいなもんやった。よくある言い回しやけど、自分が親になってみるとよう分かる。幸せしか運んでこん存在。それはお腹の中にいる時からずっと。美加がおらんようになったのはたしかやけど、心音の中に、美加が生きとるのもたしかなんよ。やけん、俺は何ひとつ奪われてなんかないんよ」

父が眼鏡を外し、Tシャツの裾でごしごしと目元を拭う。目を真っ赤にした父がぱっとグラスを取り麦茶に口をつける。子供みたいに泣く父をどこかぽかんとした気持ちで見ていた。ごくごくと喉を鳴らしてお茶を飲む姿をぼんやり眺めているうちに、つぅっと目から雫がこぼれた。

「お父さん、ありがとう。ほんとうに」

私たちはお互いに、ぐしゃぐしゃに濡れた顔で微笑みあった。グラスの中身がまたカランと音を立てる。氷が少しずつ溶けていくみたいに、胸の隅にあった小さなしこりがゆっくり溶けていくのを、私は穏やかな気持ちで感じていた。

練習は本番の二日前まで。前日はライブに向けてそれぞれに調子を整える日にした。どう過ごそうかと考えていたら、「ひとりでいても緊張するだけなので、ちょっとお茶しませんかぁ」という唯ちゃんの提案があり、私、唯ちゃん、うみちゃんの三人で近くのカフェに集合した。

「はぁ、なんか今日は何食べても味がせんというか……」

唯ちゃんが深呼吸をするみたいにたっぷり息を吐きながら、そう呟いた。

「そうやね。今日ばっかりはパフェもケーキも美味しくいただける気がせんね」

アイスコーヒーをストローでくるくるさせながら、うみちゃんも眉を下げて笑った。私もまったく同意見で、昨晩からどうも胃がきりきりして食事にはいつもの倍時間がかかった。

「明日、晴れるみたいですね」

「うん。良かった。少し前の予報では雨になったり曇りになったりしとったからね。私、恋人と一緒にてるてる坊主十個も作ったんよ」

「ええ、楽しそうなことしとりますねぇ。明日来られるんですか?」

「うん」

うみちゃんがふふ、と大人びた笑い方をする。そのしっとりした笑顔に見入りながら、あれ、と私はふいに思った。

「うみちゃん、いつもつけてるアロマみたいなの、そういえば最近やめたん?」

私が訊くと、うみちゃんは長いまつげをぱしぱしと瞬《まばた》かせ、それからにっこりと微笑んだ。

「あれね、恋人の香りなんよ。今年から遠距離になって、私この距離がどうしても不安でな。

それを紛らわすように彼の香りを身につけとった。けど最近、そういうどうしようもない寂しさみたいなものがすっぽり抜け落ちた気がする。彼と私の間にあるものがより深くなった気がするからかな」

「うっ、めちゃくちゃ潔い惚気話ですけど、うみ先輩が口にするとなんでこんなに品良く響くんですかね」

　唯ちゃんがすっかり感心しきった様子で呟くのが可笑しかった。

「そうなんや。でも、あの香りうみちゃんによう似合っとったよ」

「ふふ、ありがとう。そのうちまた香りを素直に楽しむためにつけてみようかな」

　うみちゃんはゆったりと口角を上げた。うみちゃんみたいに冷静で大人びた子でも、不安になったり、香りという面影にすがったりするのだ。恋というものは、私たち思春期の心をいつだって予告なしにかき回してくる。そうやって落ち込んだり歓喜したりを繰り返しながら大人になっていくのかもしれない。

　それから私たちは、限られた時間をきゃらきゃらと笑い合って過ごした。

「心音ちゃん、そろそろ時間なんやない？」

　うみちゃんが、ちらりと腕時計に目を落として言った。

「うん。行こうかな」

　今からバスに乗ると、ちょうどいい時間に着きそうだった。私はこれから瀬戸くんのいる病院へ面会に行く。

　ドリンクを返却口に戻しに行こうとした時、唯ちゃんがゆらゆらとした足取りで立ち上がった。そしてバッグからパインアメの袋を取り出し、テーブルの上にひとつずつ並べはじめる。唯ちゃんはゆだったように顔を赤く火照らせている。うみちゃんがハッとして、唯ちゃんが飲んでいたレモネードのグラスに口をつけた。

「あっ。これ、多分アルコール入ってるやつやね」

「えぇっ」

「そういえば、唯ちゃんのドリンク、ストローやなくてマドラーなんやなってぼんやり思ったけど」

グラスには、炭酸の抜けた淡い黄色の液体が半分ほど残っている。私たちは紛れもない高校生だけど、この中にうみちゃんがいるだけで、お酒が飲める年齢に見られてしまったのだろう。

「パインアメ、唯、好きなんです」

唯ちゃんがぴりっとひとつ封を切り、真ん中のくり抜かれた黄色いアメ玉をぱくりと口に放り込んだ。私とうみちゃんは見合って、ひとまず黙って唯ちゃんの言葉を待ってみた。

「唯がayame.入ってしばらくした頃、スランプっていうか、うまく弾けん時期があって」

「うん。覚えとるよ」

「みんなの前ではにこにことったんですけど、思うようなプレイができんストレスが少しずつ積み重なって、いよいよ、バンド練習も何もかも放棄したくなった時が、あって」

唯ちゃんがとろんとした目で、淡々と声をこぼしていく。

「高橋先輩の家に行く途中の空き地の隅で、ぼーっとうずくまっとったら、高橋先輩が声かけてくれたんです。『元気ない顔しとるなぁ』って。それで、交差点のところにコンビニあるやないですか。あそこにぱぱーっと駆けてって、買ってきてくれたんが、パインアメ」

ころん、と唯ちゃんの口の中でアメが転がる音がした。唯ちゃんはうっとりしたような、切ないような横顔で黄色いアメ玉の散らばるテーブルを見ている。

「『唯ちゃんは、パインアメっぽいなぁ。明るくて、なんか原色っぽいっていうか。自分の意思がくっきりしとるからかな』って、先輩、そう言いながらアメ渡してくれたんです。唯、なんや恥ずかしくて、『実はこのアメすごい好きなんですよ。さすがです』とか適当なこと言ったりして。そしたら先輩、『でも意思が明確なぶん、責任感も強いよなぁ。もう少し気楽でもいいと思うよ。きつそうやったら、鍵盤休んでもいいし』って。それからぽんっと私の肩を叩いて、高橋先輩はすたすた去って行きました。唯はその背中を見ながら、あぁこの人がモテる理由分かっちゃったなって思いましたね。唯、それまで漫画を読んでも映画を観ても、恋とか愛とか全然ピンとこんかった。恋の憂鬱なんて無縁やと思っとった」

分かりたくなかったなぁ、と唯ちゃんがぼやく。私たちは、一定のトーンで饒舌に語る唯ちゃんに驚きながらも、真剣に相槌を打っていた。湯水のごとく湧き出てくる彼女の言葉。ほんとうは、ずっと誰かに話したかったのかもしれない。

「それから、パインアメ舐めるたびに胸が甘く、切なくなって。高橋先輩、誰にでも親切で、よう謎のお菓子大喜利もするし、私にパインアメあげたことなんて忘れとるかと思います。唯だけが、ばかみたいにずっとひとりで味わい続けとるんです」

ガリッと、アメが砕かれる音がした。彼女がお守りみたいにいつもバッグに入れているパインアメ。隠し続けてきた、ほんとうの想い。椅子にもたれていた唯ちゃんが、目を赤く潤ませたまますっと音もなく立ち上がる。

「唯、明日のライブ終わったら、伝えちゃおうって思っとります」

「へ」

「わお」

期せずして朗々と宣言された決意表明に、私たちは素っ頓狂な声をこぼしてしまった。瞬間、唯ちゃんの体がふわりと落下して、慌ててふたりで彼女を支える。

「とりあえず、お店出ようか。心音ちゃんはそのまま病院行って。この子は私が送るけん」

「だ、大丈夫かな……」

「うん。量はそんなに飲んどらんし、顔色も悪くないけん少し休めば平気やと思う。ほら、時間なくなるよ」

「ありがとう、じゃあお言葉に甘えます……！」

「千景先輩によろしくお伝えくださあい」

うふふっと陽気に手を振る唯ちゃんに苦笑しながら、ふたりに見送られて私は店を後にした。


夏休み中だからか、病院の受付は慌ただしそうだった。空調のプラスチックみたいな匂いと病院独特のつんとした匂いが相まって、鼻腔を刺す。広い窓から差し込む午後の日差しが、院内の無機質な白さをより白く透明に浮かび上がらせている。

スマホに送ってもらった病室番号を目指し、ひっそりとした廊下を歩く。瀬戸くんは昨日から検査入院している。

銀色の取っ手はひんやりと冷たい。びく、と皮膚が震え、左手に握った包装紙がかさりと静かに鳴る。

「おー、水原さん、来てくれてありがとうな」

病衣をまとった瀬戸くんが、ベッドの上からひらひらと手を振った。病室にはベッドが四つ、四方に配置されている。その内ふたつは空で、ひとつは三十代くらいの男性がイヤホンをつけて読書をしていた。

「うん、あの、これお見舞い」

音のない病室にどきどきしながら、私は憧れの先輩へ卒業式にお花を渡すように、病院に向かう途中で買った小さな花束を、両手で渡した。

「うわあ、ひまわり。ありがとう」

瀬戸くんも同じように両手で丁寧に受け取った。アヤメをプレゼントできれば粋だったのだけど、時期的に無理だったので、彼に似合う花を贈ろうと思った。

彼が戸棚から花瓶を取り出そうとするので私が慌てて代わり、お水を汲んできて窓際に飾った。ひまわりの明るい花弁の上で、夏の終わりの日差しがひらめいている。

「さっき玄弥も来とったんやけど、見てこれ」

瀬戸くんはゆったりした手つきで、ベッドの下から紙袋を取り出した。そのずっしりとした袋を覗く。

「ドラえもん……！」

漫画版は、初めて見たかもしれない。袋の中には、古びた漫画がずらりと並んでいた。古い本独特の匂いが病室を懐かしい色に染める。

「そー。昔から玄弥ん家にあって、暇な時はようふたりで読んでさ。意外と泣けたりして、必死に涙隠したり。懐かしいわ」

「ふふ、いいね」

「あいつ、『手術終わったら退院まで暇やろ』ってだけ言って、置いて行きよった。あれはモテますねぇ」

瀬戸くんがにやりと悪い顔をするのが可笑しくて私はくすくす笑ってしまった。

「明日やなぁ」

白い天井を見上げながら、瀬戸くんがぽつりと言った。

「緊張する?」

そう訊かれ、私は素直に頷いた。潮野まつりは何度か遊びに行ったことがある。ロックフェスみたいな規模感とは異なるものの、熱心な音楽ファンの主催者のもと旬のミュージシャンからベテランのバンドまで毎年様々な出演者が揃うことから、規模のわりにお客さんは多い。あのステージに自分たちが立つ。想像するだけで足の裏から緊張が忍び込んできて、指先から全身を痺れさせる。

けれど、私はきっと。

「大丈夫。ちゃんと歌ってくるよ」

強がるでもなく、心からそう言うことができた。

私は、瀬戸くんみたいになりたい。1秒1秒を大切に、向かい風が吹こうとも前を向いて、ぐんぐん風を切って歩くことができる人。彼の手術をきっかけに、みんな、ほんの少しずつ心を動かされているように思う。彼の、目がくらむほどの明るさとその裏側にある切なさ。向こう見ずな勇気。

「うん。頑張ってな」

まるで自分のことみたいに嬉しそうに笑う。彼のことが、私はほんとうに好きだと思った。

「緊張する？　手術」

同じように、私は瀬戸くんに尋ねてみた。ううん、と彼がまた白い天井に視線を泳がせる。彼の横顔には陽が差し、天使みたいな透明な光をまとっている。

「うん、それなりに」

瀬戸くんは笑っていた。けれど瞳には、不安げな色がさしていた。彼を包む光が儚く揺れる。

「水原さん」

ゆらゆらと揺れていた瀬戸くんの視線が、私にまっすぐと注がれた。高鳴る胸の音を隠しながら、「ん」と小さく首を傾げる。

「カーテン閉めてもらってもいい？」

彼がにっとするから、私は言われるがまま、ベッドを囲む白いカーテンを引いた。しゃらしゃらとレールを移動させ、真っ白くて狭い、小さな空間が出来上がった時、ぐっと手首を引き寄せられた。

振り返るとベッドから立ち上がった瀬戸くんがすぐそばにいて、ふわり、と、太陽みたいな彼の肌の匂いが私の顔を撫でた。

瞬間、彼の唇と私の唇が、まるで優しい木漏れ日が降り注ぐみたいにそっと、重なった。

あまりの緊張から、唇がいつ離れていったのか分からなくて、ずっとぎゅっと目を閉じていた。

「水原さん」

言葉に光を編み込んだような彼の、柔らかな声で、薄く目を開いた。

「俺も頑張ります、はは」

瀬戸くんは語尾をぼやかしながら、照れ臭そうに笑った。彼の耳は熟したりんごみたいに甘い赤色をしていた。私は胸にあふれる甘酸っぱさをごくごくと飲み干し、満面の笑みをこぼした。

その時しゃららと音がして、私たちは揃ってびくりと肩を上下させる。

「あら、水原さんやないの」

振り返ると、にっこりと微笑む雨宮先生がいた。その隣には、目元の雰囲気が瀬戸くんによく似た、けれど瀬戸くんよりずっと物静かそうな男の人がいた。

「兄貴……言っとった時間より来るのだいぶ早すぎん」

瀬戸くんがそう尖った声で呟く。その拗ねた横顔がたまらなく愛おしくて、ここが病室でなければ私は思わず「か、かわいい……っ！」と叫び出していたかもしれない。

この人が、いつかの駐車場で雨宮先生を見つめていた、瀬戸くんのお兄さんだ。

「すまんって。先客おるって知らんで」

苦笑するその人を横目で見ながら、やっぱり笑うとすごくよく似ているんだな、と血の繋がりに感心していると、お兄さんが私を見た。

「水原さん、千景の兄の出雲です。こいつからいろいろ聞いとります。明日がライブ本番なんやろ？　わざわざお見舞いに来てくれてありがとう」

そう深々と頭を下げられ、私は水をかぶった動物のごとくぶんぶんとかぶりを振った。

「あっ、いえ、むしろ私のほうが瀬戸くんには助けられっぱなしで……」

「おう、入るぞ。ってなんや、手術前はお客さん多いなぁ」

私が顔を熱くしながらお兄さんに話していると、またひとり男の人が増えた。自分の腰をさすりながら朗らかな表情を見せるその人もまた、笑った時の柔らかい雰囲気が瀬戸くんと共通していた。

「親父まで……」

瀬戸くんが言葉をこぼすより先に、私はその人が彼のお父さんなのだと直感的に悟った。雨宮先生がさっと折り畳みイスを広げ、お父さんに差し出す。

「ななちゃんまで、わざわざお見舞いありがとうなぁ」

彼のお父さんが、「どうも」と言いながらイスに腰を下ろす。

「いえ、お父さんこそライブハウスのほうは大丈夫なんですか？」

「おう。今日と明日は休みもらった。昔からの知り合いで信頼できるやつに任せとる」

きれいに整えられたヒゲが笑うたびに、にゅいんと動く。瀬戸くんのお父さんのにこにこした横顔を見ていると、ぴたりと視線が繋がった。

「あぁ、君が千景の彼女の！」

無邪気に語りかけられる。瀬戸くんの朗らかさはお父さん譲りなのかなと小さな宝物を見つけたような嬉しい気持ちになる一方で、彼女という響きに猛烈な恥ずかしさが込み上げてくる。

「は、初めまして。えっと、お世話になっております」

「あぁ、いい声しとるもんなぁ」

瀬戸くんのお父さんはあごヒゲに右手を添え、骨董品の鑑定士さながらまじまじとこちらを見つめる。私はさらに体が熱くなる。

「明日は、瀬戸くんのぶんまで歌ってきます。やけん、瀬戸くんは安心して手術受けて」

「さすが、頼もしいなぁ。ありがとう」

瀬戸くんが、ふんわりと優しい匂いが香る、花のような笑みをこぼす。それを見て、この人はきっと大丈夫だと思えた。

「では私はこのへんで失礼します……！」

私は120度に到達する勢いでお辞儀をすると、病室を去った。

病院を出ると、日はとっぷりと暮れていた。海に沈みかけている大きな赤い太陽が、一面を美しく燃やしている。

大切な日の前日は、時間の流れるスピードが倍速に感じてしまうのはどうしてだろう。バスに乗り込み、さらさらと落ちていった今日という時間の砂を振り返っていると、唇の甘い温度が蘇り、ひとり顔を発火させた。この唇の温度も感触も、ずっと覚えていたい。でも顔を洗ったり歯磨きをしたりすると、なくなっちゃうのかな、いやだな、この気持ちのまま本番も歌いたいな。そんなことを真剣に考えながら、私は明日のライブ本番と、瀬戸くんの手術の成功を、潮野の空と海に祈った。


「心音、服ってこれでいいかな？」

「お父さん、それやなくて昨日の夜に決めた組み合わせあったやん！」

「いや昨日はあれでいい気がしとったけど、やっぱりこのズボン、若すぎん……？」

「若すぎるも何も、そのハーフパンツ去年自分で買ったやつやろ。黒色で派手でもないし、似合っとるよ、そっちのほうが絶対いい」

そうなんかな、と言いながら、父はひざ丈のパンツをじろじろと心許なげに見つめている。

「緊張感がいろんな不安を呼び込んでくるな」

「お父さん緊張しとるん？」

「するよぉ。なんや、心音はすっきりした顔しとるな」

「うん」

私ははっきりと頷いていた。今朝は、日の光がまぶたに透けて目を開いた瞬間から、心はどこか超然とした落ち着きをまとっていた。「大丈夫」「頑張って」という彼の声がまた耳にこだまする。

「心音、言うか迷ったんやけどな」

父がハーフパンツに穿《は》き替え、ウエストのホックを詰めながら、言った。

「今日、田中さん観にくるって。こないだの夜市の動画送ったら、ぜひ生でライブ観たいって」

「ええ！」

「言ったら余計な緊張させるかなと思ったけど、なんや今の心音はそんなん関係なさそうやけん。頑張ろな」

父はさっぱりと言い、ハーフパンツにベルトを締めて微笑んだ。

田中さんが観にくるということは、いわば私は審査されるのだ。けれど今日、自分が誰に向けて歌うのかはもう心に決めている。

「ありがとう、お父さん。精一杯歌います」


潮野まつりは、うちから車で30分ほど走ったところにある大きな公園が会場だ。

「天気いい……！」

父が運転していた車を降り、駐車場で楽器を下ろしながら、からりと晴れた青空に目を細めた。うみちゃんの作ったてるてる坊主が大活躍してくれたのかもしれない。美しい日本晴れだった。

私たちの出番は9時。オープニングアクトは9時から1時間設けられていて、前半30分がayame.で、後半30分は同じくオーディションを勝ち抜いた大学生ダンスユニットのライブパフォーマンスとなっている。

出番より2時間前に集合することになっており、私たちはどきどきしながら関係者入口を通り、指定の場所へと向かった。

楽屋へと案内してもらうと、入口の扉に【ayame.様、TRICK TRAP様】という張り紙が貼ってあった。中に入ると、私たちよりも年上の雰囲気の女性たちが、鏡に向かってメイクをしていた。おそらく、もうひと組の大学生ダンスチームなのだろう。そのかたわらで、先についていた唯ちゃんが落ち着かない様子でうろうろ歩き回っていた。

「心音先輩、お父さん、おはようございますう！　ついに本番きちゃいましたね。緊張しますうう」

「おはよう、唯ちゃん。私もさっきまではリラックスしてたんやけど、いざ会場入るとやっぱり緊張するなぁ」

「でも、心音先輩すごく顔色いい感じがします」

唯ちゃんは私をじっと見つめ、ちょいちょいとこちらに向かって手招きをした。ん、とそばに寄る。

「昨日、千景先輩と何かありました？」

そう耳元で囁かれ、「ひゃっ?!」と私はあからさまに動揺してしまった。

「ふふ、心音先輩たち、お熱いんですねぇ。今日のライブ、届けましょうね」

そう唯ちゃんがにやにやした。私はもじもじしながらも小さく頷く。父が遠くで「えっ、なんや?!」と言ったのは、ひとまず無視をした。

それからすぐにうみちゃん、高橋くんも到着し、TRICK TRAPの面々と共にスタッフの人から、本番までの流れの説明を受けた。最初に短いサウンドチェックの時間が設けられ、準備が整い次第ライブがスタートする。

本番まであと90分。楽屋に用意されていたおにぎりをゆっくり口に含む。炭水化物は食べすぎるとお腹が重たくなって呼吸が浅くなる。でも食べないとパワーが落ちるから、軽く頂く。喉の油分が落ちて声がカサカサしてしまうのがこわいから、ウーロン茶は避けて、水を取る。

私は鮭おにぎりを頬張りながら、頭の中で譜面を描いていた。すっかり覚えているものの、時々何かの拍子で脳内の五線譜が真っ白になってしまうことがある。どうか、本番ではそのような事態が勃発しませんようにと、お米を噛み締めながら願う。

「千景先輩も、ちょうど今緊張してたりするんですかねぇ」

食事を済ませた唯ちゃんが、手先を揉みほぐしながらぽつりと言った。

瀬戸くんの手術開始時間は9時30分。そのことを聞いた時、こうなることはどこか最初から決まっていたような気もした。私たちが音楽をかき鳴らし終えると、まるでバトンを渡すみたいに、瀬戸くんのチャレンジがはじまる。

「千景は強がりなだけで案外ビビりなとこあるしなぁ。でも、家族みんな手術見守るみたいやし、大丈夫やろね。きっと天気の話でもするみたいな気楽さで、談笑しよるよ」

「そうやね。彼のことやし、『絶食きついなぁ』ってめそめそ言いながら笑ってそう」

うん、と私も笑った。この場にいてもいなくても、空気を和らげることのできる瀬戸くんはやっぱりすごい人だと思う。

「よおし、唯も今年一番いいプレイ見せちゃおう。って言いながら、正直、指先震えとるんですけど」

唯ちゃんが小さな手のひらをぎゅうっと握りしめ、ぱっと開いた。彼女がいつもよりずっと入念にストレッチをしていることは、きっとみんな気づいている。

「印象的な鍵盤のフレーズ多いもんなぁ。緊張するよな。でも唯ちゃん気負いすぎるところあるから、肩の力抜いてな」

「高橋くん、余裕そうにしとるけど何かお腹に入れといたほうがいいと思うよ。おにぎりひとつくらい」

「村瀬、ほんとよう見とるなぁ。いやぁ、緊張でなかなか固形物が喉通らん……」

そう高橋くんが力なく眉を下げていると、唯ちゃんがすっとトートバッグに手を突っ込んだ。

「唯、ウイダーありますよ」

唯ちゃんがバッグをがさがさと探りながら言う。

「あと、これもどーぞ。唯のお守りです」

唯ちゃんは小さな手のひらに握りしめた甘い黄色のアメ玉を、ゼリーと一緒に彼に差し出した。

「でた、パインアメ。でも僕も好き。ゼリーと一緒に頂きます」

ありがとう、と高橋くんは続け、輪郭をゆるめて笑った。唯ちゃんは平然を装っていた。けれど事情を知った今、彼女の心情を察すると微笑ましいものが胸にしゅわりと満ちてくる。

「好き」というフレーズの威力は、私も知っている。

ステージに立つまで30分を切った頃、私はスマホを持ってひとり楽屋を出た。

「……もしもし心音ちゃん。どうした？」

電話をかけた相手は、瀬戸くんのお兄さんの出雲さんだった。昨日のお見舞いの帰り際、出雲さんに呼び止められた。

「なんかあったらここに連絡してな。千景より俺のほうが繋がりやすいと思う」

私は番号が書かれたメモ用紙を受け取り、出雲さんにお礼を言って立ち去った。

数コールあって繋がった出雲さんの第一声は、どこか疲れたものが滲んでいた。汗ばんだ首筋を空調の冷気がひやりと撫でる。

「あの、手術前にすみません。その、瀬戸くん、どうしてるんかなと思って」

「あぁ、今手術の説明なんかで千景、ばたばたしとるかなぁ……」

一度気になってしまうと、出雲さんの口ぶりは言葉の輪郭をぼやかすみたいに、どこかあやふやに聞こえてしまう。なんだろう、胸の片隅にまで冷房の風が滲んでくる。

そうなんですね、と相槌を打っているとスマホの向こう側から、雨宮先生の声が紛れ込んできた。

遠くてよく聞こえない。けれど、それが切羽詰まった声だということは分かった。

「とにかく、出雲くんも病室に戻って！　千景くんが……」

その言葉だけ、はっきりと聞こえた。

それからスマホのスピーカーががさがさという荒い音を立てた。声が遠くなる。衣擦れのようなノイズばかりが大きい。出雲さんが電源を切らないまま、スマホをポケットに突っ込んだのだと悟った。

心臓に触れていたひやひやしたものが、嫌なざわめきに変わる。

瀬戸くん、悪いのだろうか。

本番までもうあと20分に迫っている。けれどスマホの電源を切れない。一瞬、母のお産のことがよぎる。いくら健康体であっても、一寸先は何が起きるか分からない。衣擦れの音に混じって話し声のようなものが聞こえてくる。私は息を殺し懸命に聞き取ろうとする。そんなはず、ない。だって昨日はあんなにも元気そうだったじゃないか。どんなに耳と心を澄ましても何が起きているのか把握できない。吐き気が込み上げてくる。呼吸が浅い。めまいに似た症状が頭を締め付ける。

その時、急に音がクリアになった。しばらくすると、聞き馴染みのある柔らかくて優しい声が私の鼓膜にそっと触れた。

「あーもしもし、水原さん?」

瀬戸くんの声に、私は取り乱して泣きそうになるのを必死に堪えた。今泣いたりしたら、ぐじゅぐじゅの声で歌うことになってしまう。

「今、休憩室。兄貴のスマホぱくってきた」

「瀬戸くん、大丈夫、なの」

平然を装ってみるけど、少しでも気を抜くと感情のふたがぱこんと外れてあふれてしまいそうで、声が固くなる。

「いや、周りが騒ぎすぎ。まぁさっきまでは正直ちょっとしんどかったけど、顔色も戻ってきた。自分の体やのに、うまく扱えんのが情けないけど、手術終わればそれもおしまいやし」

ははは、と瀬戸くんが晴々とした調子で軽快に笑うから、なんだか一気に肩の力が抜けてしまった。

「瀬戸くん」

自分の声に生気が戻っているのが分かった。瀬戸くんの容態について、ほんとうのところは分からない。ほんとうは彼が話すよりもよくないのかもしれない。けれどここで私がうじうじ泣いて心配したってどうしようもない。今私ができることは、ただひとつなのだ。

「もうすぐライブはじまるんやけど、このまま電話繋がせとってほしい。いつ切ってもいいけん」

私はそう話しながら急いで楽屋に戻る道のりを駆けた。楽屋から高橋くんのおばあちゃんと汐里さんが出てくる姿が見える。本番前に励ましにきてくれたのだろう。私はスマホの画面をなぞり、音声通話からビデオ通話に切り替えた。

「おばあちゃん、汐里さんっ！　あの、これで客席からステージを撮ってもらえませんか。瀬戸くんと繋いどって……」

そう叫ぶと、ふたりは驚いた顔をしながらも急いでスマホを受け取ってくれた。

「うん、分かった。ひとまず心音ちゃんは、はよみんなのとこ戻ろう！　もう時間ないよ」

汐里さんが私のスマホを両手で抱え、「わ、イヤホンに手術着って似合わんなぁ」と画面の瀬戸くんを見て苦笑した。

「はい、ありがとうございます！」

「頑張りぃ」

「おばあちゃんもありがとうございます。いってきます！」

私は１２０度のお辞儀をして駆け足で楽屋に飛び込んだ。

「こ、心音先輩、ひやひやしましたよぉ……！　おかえりなさい！」

「あんまり戻ってこんから、私ちょっと探しに出たんやけど、深刻な顔で電話しとったから声かけんかった」

「心音、平気か？」

「千景になんかあったとかでは、ないよな」

みんなから矢継ぎ早に言葉が飛んでくる。息を整えながら、最後の高橋くんの言葉に首を左右に振る。

「ごめん、戻るのぎりぎりになってしまって。瀬戸くん少し調子悪かったみたいやけど、ずいぶん安定したみたい。大丈夫って信じとる。それで、さっき高橋くんのおばあちゃんと汐里さんとすれ違って、私のスマホ預けてきた。そのままビデオ通話で繋いどる。瀬戸くんまで、届けよう」

ふぅ、と深く息を吐く。全力で走ったせいで呼吸はまだ少し乱れている。でもそのおかげで、体はじゅうぶんあたたまった。

「心音ちゃん、ほんっと変わったね」

そう言って、うみちゃんが口元をゆるめた。自分でもたしかに思う。もうほとんど言葉もつっかえない。つま先にばかり向けられていた視線は未来に向いている。

私は瀬戸くんと、そしてみんなと出会って変わった。その気持ちを歌いたい。

「円陣とか、組んどく？」

高橋くんがちらりと私たちを見て、言った。

「ふふ、本番前にそういうの、何気にやったことなかったよね。なんやちょっと照れ臭くて」

うみちゃんが小さく笑いながら、こちらに近寄ってくる。

「でも、高橋先輩の言っとること、唯もすごくよく分かります。なんていうか、今日はそういうのやりたい気分。先輩方やお父さんと、直接温度を共有したいです」

唯ちゃんが抱きつくみたいにして、私とうみちゃんの肩に手を回す。

「みんなまぶしいなぁ……」

そう目を細めながら、父もそっと円陣に加わる。「心音、この子らと出会えてよかったな」と父が私の耳元で囁いた。うん、と小さく相槌を打つ。

「掛け声は心音ちゃんが」とうみちゃんに言われ、私は短く深呼吸をした。

「精一杯、鳴らそう！」


ステージに立つと、夏の終わりの太陽が私たちを照らした。青い空は高く澄んでいる。ぶわっと風が吹く。植物と潮の香りが溶け込んだ潮野特有の風の匂いだ。オープニングアクトから、想像よりもお客さんが多い。小雨みたいなぱらぱらとした拍手で迎えられる。まあそんなものだろう。でも最後は拍手喝采をさらってみせる。

すぅっと息を吸う。朝の透明な空気が血液の中に混じり込んでいく。心臓は高鳴っているけど、その鼓動の音がどこか心地よく耳元で響く。

「こんにちは。ayame.です。一曲目ですがオリジナル曲やります。夜明けの曲です。聴いてください、『夜光』」

前々から、ライブ本番はビデオ通話で瀬戸くんに届けようと、みんなで話していた。それを想定してセットリストも組んだ。瀬戸くんがいつ通話を切っても平気なように、彼に一番観てもらいたい曲を一曲目にした。お客さんを楽しませるセットリストとしては正解ではないのかもしれない。けれどこれが、私たちなりに考えぬいたベストな曲順。

シャツの中で青い花が揺れた。瀬戸くんが笑った気がした。自然と口角が上がってく。

『夜光』は歌からはじまる。短くブレスをして、私はマイクに歌を灯した。

＊　＊　＊

日は暖かくのどかな気候であるものの、三月の海はまだ冷たい。私は波打ち際でひとり小さく膝を丸め、ひんやりとした海水に手をくぐらせてみた。そういえば、六月のまだ海があたたまりきっていない頃、海に落下した私を瀬戸くんが助けてくれたこともあった。あの時もこれくらい冷たかった気がする。懐かしくて、切なくて、愛おしくて、泣きたいような衝動が鼻の奥をつんとさせる。

しゃがんだ姿勢で海水と戯れていると、制服の襟の隙間からはらりとペンダントがこぼれ出る。二輪並んだ青いアヤメの花が潮風に揺られ、ワルツをするように踊っている。

大丈夫。この青い花が、心の深いところでずっと私たちふたりの手を離さないでいてくれる。

「やっぱここにおったか」

どこかで、彼はここに来てくれるような気がしていた。この場所で会いたい、と思う自分と同じ気持ちでいてくれたことに、たまらなく嬉しくなる。私はゆっくり立ち上がり、振り返った。

「卒業おめでとう。瀬戸くん」

「おう、お互いに」

「うん」

「これ、あげる」

瀬戸くんが背中に隠していたものを私に差し出した。その華やかで可愛らしい贈り物に、「わっ」と感嘆がこぼれる。

「アヤメの花束だ」

彼の右手には小さな青いブーケがあった。私は繊細なガラス細工に触れるみたいに、大切に受け取った。

「あれ、でもアヤメって、初夏の花やなかった……？」

「寒咲《カンザキ》アヤメってやつ。この季節に咲くんよ」

「わざわざ、探してくれたん？」

まあ、と瀬戸くんがそっぽを向いたまま首を掻いた。

「ありがとう！」

私は青い花束をぎゅっと抱きしめた。アヤメの花弁は濃度の高い青だ。私たちの青春を一心に吸ったみたいに、深い色をしている。

私たちはあの何度も語り合った夜と同じように、並んで腰を下ろした。

瀬戸くんの手術は成功した。術後も良好で、先日 ayame. の卒業ライブも行い、大盛況を収めた。瀬戸くんの鋭いギターの音色は今も私の胸に深く刻まれている。

「東京、明日からやなぁ」

水平線のほうを見つめながら、瀬戸くんが言った。

「うん。荷造りもほぼ終わった。あとはギターだけ」

「そっか」

瀬戸くんのくっきりとした横顔は、憂いと祝福をかき混ぜたみたいな表情に見えた。ぎし、と胸が軋んだ音を立てる。

明日、私は潮野を発つ。ぎりぎりの進路変更だったけど、無事東京の大学に合格することができた。そして大学に通いながら、田中さんのもとでソロシンガーとして音楽活動をはじめる。

「瀬戸くんも、今ほとんど店長の仕事引き継いでやっとるんよね。田中さんに話したら、『その年ですごい……！』って驚愕しとった」

「親父の腰の具合があんまり良くならんでなぁ。教わっとる最中やけど、ほとんどパシリ」

「お父さん心配やね。でも、瀬戸くんができる人やけん、安心なんやろね」

瀬戸くんは前に話していたとおり、地元の大学に進学する。実家のライブハウスを継ぎたいという夢も変わっていない。

「私は上京してしばらくは育成期間ってやつで、レッスン受けたり定期的にパフォーマンス見てもらったりするんやって。他の育成の子らと」

「なんや刺激的やなぁ。楽しそう」

「楽しいのかなぁ。私ちゃんと人から習ったことなくて全部自己流やけん、ぼろぼろに言われそうで今からこわいよ」

「それは俺にも分からんけど、でもそんなことくらいで折れんやろ。心音は」

心音、という響きはいまだに甘くくすぐったく胸に響く。瀬戸くんを見ると、彼はまだ海のほうを見つめていた。

「けど、心細いなぁって時は電話してな。まぁそんな大した話はできんけど、潮野の話ならたっぷりできるし」

「そんなこと言われたら、毎日かけてしまう」

「いいよ」

「いいんや」

「とか言いよって、こんな会話思い出す暇ないくらい忙しくなったりしてな」

「……瀬戸くん。私、なんも忘れんよ」

そう明瞭な声で言うと、ようやく瀬戸くんと目が合った。風がアヤメの花束を揺らしている。

「あのさ」

「うん」

「名前で呼んでみて」

「へっ、え、えぇ」

彼のまったく文脈に沿わない返答への戸惑いと、唐突に〝名前呼び〟をねだられたことの衝撃に、私はしばらくぶりに言葉がつっかえてしまった。

「遠くに行かれる前に、聞いときたいもん」

「もん、ってそんな子供みたいに言われてもまだ心の準備が……それに、たしかに距離は遠いけど、でも、」

私たちの心はずっと隣り合わせで、ちゃんと手を繋いでいられるよね、そうたしかめたいのに、持ち前のシャイさが邪魔をしてうまく言葉が出ていかない。

「やっぱ遠いなぁ」

彼がぽつりと言葉を落とす。小さな呟きが砂に埋もれていくのを、私は慌てて拾い上げる。

「ち、ち、千景、くん……！」

つっかえまくってしまった。しかし、それよりも名前で呼べたことにすごく意味があると思う。

「はあい」

千景、くんがにやにやを顔じゅうに滲ませて笑う。は、恥ずかしい。名前を呼ぶだけで心臓は過熱して、そのまま胸の中で爆発しそうだ。

「千景くん……足首、出して」

そう言うと、今度は千景くんが「へっ」と声を漏らした。

私は首にかけていたペンダントを外した。千景くんが不思議そうに私の顔と私の手元を交互に見ている。ふふ、と私が不敵な笑みを浮かべてみせると、彼も反射するみたいに笑った。

そして、二輪並んでいた花を、そっと別々に離した。

「これ、女性らしいデザインやから迷ったんやけど、アンクレットとして千景くんに身につけていてもらえると、嬉しい」

そう話し、私は用意していたひもに青い一輪のアヤメを通すと、彼が差し出す足首に巻いてみた。頑丈そうなふくらはぎに締まった足首、岩みたいにぼこっとしたくるぶしが男らしくてどきどきする。千景くんがじっと足元の飾りに目を落としたまま黙っている。どうしよう、気に入らなかったのかな。胸が少し苦しくなる。でも手は止めず、きゅっと結び目を作りアンクレットを完成させる。

「あの、全然外してもらってもいいけん」

「ありがとう。一生大事にする」

千景くんが、ゆっくり顔を上げ、まるで初めて笑顔を見せた赤ちゃんみたいに、ぱぁっと無垢な笑みを咲かせた。その表情があまりに愛おしくて、私は際限なく嬉しくなり、途方もなく切なくなった。

けれど、涙は見せたくなかった。

明日から私たちは、この青いアヤメの花飾りのように離ればなれになる。それぞれ違う夢を追いかけている二輪の花。

でも、見えなくても、隣にはもう一輪の花が咲いているのだ。いつだってそばにいたあの夏。いつだって私を救ってくれた千景くん。向こう見ずな勇気を持って決して諦めない千景くん。

彼と目が合う。千景くんの鼻先がゆっくり近づいてきて、彼の匂いが迫ってくる。ぎゅっと目をつむろうとした時。

「心音せんぱあい、千景せんぱあい！　ご卒業おめでとうございますうう」

遠くで唯ちゃんの叫び声がして、私たちはぴたりと動きを止めた。振り返ると、高橋くんが漕ぐ自転車の荷台に乗った唯ちゃんが、ぶんぶん手を振っている。うみちゃんの姿も見える。

「最後に高橋先輩ん家で、ちょっと演っていきませんかあ――？」

彼女の高らかな声が海辺に響き渡る。私たちは見合って、くすくすと微笑み合った。

「唯ちゃんも玄弥も村瀬も、ほんっとタイミング良すぎるなぁ」

「やね。行こっか」

そう言うと、千景くんが先に立ち上がり、手を差し伸べてくる。ふいに、初めて声をかけてくれたあの夜の風景を思い出し、視界が淡くぼやけた。

「ありがとう」

私はその手を取り、立ち上がった。この手のひらの大きさも、彼の子供みたいな甘い体温も、私はきっと永遠に忘れない。

潮野の海はいつだって、絞りたての空をそのまま溶かし込んだような色をしている。

そのまっすぐな青さは時にまぶしく、時に怠惰で、時に、ほんの少し胸を軋ませる。

今、目に映るすべての青い輝きを胸に閉じ込め、私は太陽の光の差すほうへ、一歩ずつ歩き出した。

◇◆◇

今年はデビュー五周年ということで、自身最大規模の全国ツアーを開催することになったんですよね。改めて、おめでとうございます。

――ありがとうございます。まだまだ五年ですが、ここまで歌い続けてこられたことは本当にありがたいし、光栄に思います。

来月には新曲もリリースされるんですよね。詳細はまだ明かされていませんが、唯一公開された情報として、なんと大ヒットしたデビュー曲『夜光』に携わっているChikaさんが、ふたたび作曲を手掛けられたとか。

――はい、そうなんです。『夜光』は高校生の頃、Chikaさんが作曲して、私が歌詞を書いて作った曲です。『夜光』でデビューすると、信じられないくらい多くの方に曲を聴いてもらえました。今度の曲もめちゃくちゃかっこいい曲になったので、期待していてください。

楽しみです。ちなみにデビュー当初のインタビューでは、Chikaさんは作曲家として活動されるおつもりはなく、問い合わせも受けつけていないと話されていましたが、どういった経緯でふたたび作曲に参加されたんでしょうか。

――訊かれるかなと思いました（笑）。実は今年、私がちょうど地元に戻りChikaさんを含めた友人たちと集まった際に、「またあの時みたいに曲作ってみないか」という話になったんです。それから数日間、地元で曲作りをしました。はじめは世の中に発表するつもりもなく、遊びみたいな感覚だったのですが、完成した曲があまりに良くて……。Chikaさんからの了承も得て、リリースすることになりました。

なるほど。そういう物語があって次の新曲が誕生したんですね。聴ける日が待ち遠しいです。ちなみに、Chikaさんは今後作曲家のお仕事はされる予定なんでしょうか？

——いえ、それはいまだに興味がないみたいです。ずっと地元にやりたいことがある人なんですよね。

Chikaさん、どこまでも謎めいてます（笑）。ちなみに性別は？

——どうでしょう（笑）。本人は、「想像にお任せします」と言ってました。

私たちに委ねられているということですね、空想が膨らみます。また、ツアーのラストは地元の潮野ということで、やはり地元は思い入れの深い土地ですか？

——はい、そうですね。五周年のラストは、原点に返ってまた生まれ変わるという意味も込めて、潮野でやりたいとずっと考えていました。今準備中ですが、すごく楽しみです。

Chikaさんもいらっしゃいますか？

——はい。友人たちと一緒に来てくれるみたいです。

バスに揺られながら、私はそっとスマホの画面を閉じた。さっきメールボックスに届いていた原稿。先日インタビューしてもらったばかりのもので、読んでいるとライターさんの声がそのまま頭の中で再生される。移動時間にチェックしようと思っていたけど、ここのバスがかなり揺れることをすっかり忘れていた。乗り物酔いが込み上げてくる前にまぶたを落とし、淡い暗闇に埋もれ神経を休める。

ふと、鼻先に潮の香りが触れた。閉じたまぶたには夏の燦々《さんさん》とした光が透け、暗いのに明るいみたいだ。目を瞑っていても風の匂いだけで、潮野の土地を感じられる。ここはいつだって心がほっとする場所だ。

ツアーの合間、ほんの少しの休暇をもらい、地元に帰っていた。風のおかげかすぐに気分が良くなり私はゆっくり目を開いた。

窓の外にはどこまでも青い空と海が広がっている。この青さは、あの時のままずっと変わらない。変わらない風景の美しさに自然と笑みがこぼれる。

みるみる口角が持ち上がっていく理由は、それだけではない。バスが停まると、私はスニーカーを蹴りぴょんっと飛び降りた。潮野の風が髪を揺らす。胸元の花も揺れる。

気持ちよさを味わっていると、私の大好きなあの声が、ふんわりと降ってくる。

「おかえり、心音」

振り返ると、今年もよく日に焼けた千景くんがにぃっと白い歯を見せて笑っていた。

「ただいま、千景くん」

私は彼のそばへ駆け寄り、思い切り抱きついた。彼の褐色の肌はあたたかく、太陽の匂いがする。

彼の隣に並び、私たちはあの頃と同じように潮野を歩く。千景くんのサンダルがじゃり、と地面を蹴った。コンクリートの地面に反射した光を受け、彼の足首が青く光った。

みあ
音楽ユニット「三月のパンタシア」のボーカリスト。〝終わりと始まりの物語を空想する〟をコンセプトに、どこか憂いを帯びた「みあ」の歌声で紡がれるストーリーが、ときに優しく、ときに切なく、聞き手の心に寄り添い多くの共感をよぶ。2016年6月1日にTVアニメ『キズナイーバー』のエンディングテーマ「はじまりの速度」でメジャーデビュー。2018年からは、みあ自らが書き下ろす小説を軸とし、〝音楽×小説×イラスト〟を連動させた自主企画『ガールズブルー』をWeb上で展開。〝言いたくても言えない切なさ〟〝素直になれない心の詰まり〟を音楽に昇華し、青春期という多感な季節の揺らぎをポップに描く。物語の世界観を表現したワンマンライブは人気を集め、2020年1月に開催した自身最大規模となる豊洲PITでのワンマンライブのチケットは即日SOLD OUTに。いま最も注目される音楽アーティスト。

本書は書き下ろしです。

さよならの空はあの青い花の輝きとよく似ていた

2021年7月15日　第1刷発行

著　者　みあ
発行人　見城 徹
編集人　森下康樹
編集者　山口奈緒子
発行所　株式会社 幻冬舎
〒151-0051 東京都渋谷区千駄ヶ谷4-9-7
電話　03(5411)6211(編集)　03(5411)6222(営業)
振替　00120-8-767643

印刷・製本所　中央精版印刷株式会社

検印廃止

ISBN978-4-344-03825-7　C0093
幻冬舎ホームページアドレス　https://www.gentosha.co.jp/

この本に関するご意見・ご感想をメールでお寄せいただく場合は、comment@gentosha.co.jpまで。